당신이
잠든
사이

당신이 잠든 사이

김나은

뱅크북

차 례

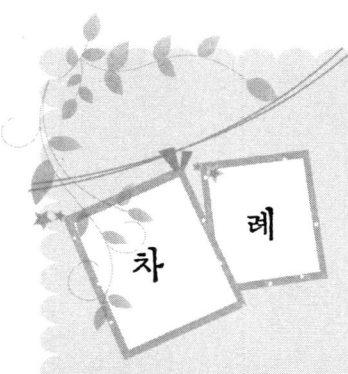

차 례

🌸 전화

참 이상하지?

매일 너의 전화로 아침을 시작했는데,

이젠 너 말고 휴대폰 알람이 나를 깨우고 있어.

너무나 당연한 줄 알아서 귀찮을 때도 있었는데….

어리광 부리듯 5분만을 외치며 징징거렸는데….

근데 이상하지?

알람 소리가 슬픈 음악도 아닌데,

눈물이 나는 건 뭘까?

아직도 실감이 나지 않으니까 당연하다는 걸 인정할

수가 없나 봐.

그래! 오늘만 바쁜 걸 거야.

그래서 전화가 오지 않은 걸 거야….

🍀 134번 빈자리

제일 먼저 빈자리가 생기면 주위 신경 안 쓰고 내 이름 부르며 손짓하던 네가 없다.

지금은 자리가 있어도 나는 그냥 흔들거리며 서서 간다.

넌 어디쯤에서 나를 생각할까?

아니 어느 순간에 나를 생각할까?

벌써 나를 다 비워내버린 건 아니지?

아직은 너의 빈자리를 인정할 수가 없어.

아니 절대 인정하지 않을 거야.

네가 떠난 지 벌써 반년이 지나고 있어.

그래도 절대 인정하지 않을 거야.

너에게 예쁘게 보이려고 신경 써서 화장하고 나왔는데 또 눈물이 나와.

나 지금 울잖아….

어서 와서 바보 같다고 울보라고 놀리면서 닦아줘야지.

어딨는 거야?

🌸 어리버리 김대리

네가 떠나고 언제부터인지 회사에서 난 별명이 생겼어.

어리버리 김대리!

그래, 아무것도 느낄 수도 즐길 수도 뭘 해야 할지도 모르겠어. 다들 괜찮을 거라고 아무렇지 않은 척 너를 잊을 수 있게 나를 귀찮게 하고 있어. 아니 도와주고 있지만 난 그냥 지금 이대로 가만히 두었으면 좋겠어.

어리버리 김대리는 오늘도 여러 번 혼이 났어. 네가 없으니까 자꾸 혼만 나고 별일 아닌 거에도 눈물 나고 서럽고 네가 없으니까 자꾸 무서워.

곁에 있는 것만으로도 늘 든든하고 내 어깨가 으쓱했는데 네가 없는 지금은 어깨가 펴지질 않아.

너무 보고 싶다.

버스 타고 기차 타고 갈 수 있는 곳이라면 당장이라도 가고 싶어.

어리버리한 김대리…

길치라도 네가 있는 곳으로 가고 싶어.

넌 어디 있는 걸까?

그립고 그립다.

🌸 춘천1

항상 준비되어 있는 너였기에 난 너무 당연시 빈몸으로 함께 다녔어.

늘 네가 다해주었으니까.

비 오면 우산을, 울면 손수건을, 취하면 업어주고 화나면 웃겨주고….

어떻게 하려고 날 이렇게 만들어 놓은 거야?

너 없을 땐 어쩌라고 이렇게 나약하게 만들어 놓은 거야? 너 없을 때 대비해서 혼자서도 잘 해나갈 수 있게는 해놓았어야지.

감사한 것에 감사할 줄 모르고 늘 투정만 부려서 미안해. 그래도 너와 나의 사랑에는 아무 이상이 없을 줄 알았어.

원치도 않은 이별이 이렇게 빨리 올 줄 알았다면, 정말 누가 귀뜸이라도 해주었더라면 투정 같은 걸로 시간을 낭비하지 않았을 텐데….

그래도 나는 알아.

네가 얼마나 나를 사랑했는지….

혹시나 하는 마음으로 너와 함께 갔던 춘천에 왔어.

홀로 오는 길이 얼마나 널 생각하게 하는지, 도착하면 네가 춘천역에서 기다리고 있을 것 같았어.

아니 기다려줘.

이렇게라도 너에게 가고 있는 나를….

나를 안아주려 기다리는 너에게 나는 지금 가고 있어.

거기 있는 거지?

내가 가고 있다는 거 알고 있는 거지?

🌼 춘천2

역에 도착하니 비가 오기 시작해.

우산 들고 나와있을 널 찾아보지만, 역시… 없네.

네가 없다는 걸 알면서도 서성이면서 널 찾고 있는 내 모습이 너무도 초라하고 예고 없이 눈물이 흘러.

그리 많이 내리는 것이 아니니 그냥 맞으려고….

우리 항상 춘천 오면 제일 먼저 뭐 했더라?

춘천 하면 닭갈비라고 골목 여기저기 헤매다 원조라고 쓰여 있으면 다 맛있는 줄 알고, 무작정 들어가 실망도 하고 레일바이크 타고 남이섬 가서 1박 하고, 정말 우리 둘이 함께일 때 제법 잘 어울리는 커플이었는데….

투닥거려도 나의 건망증 때문에 금방 까먹고 또 까불고 그래도 손잡고 여기저기 다니면 남매 같다는 소리도 듣고 너무 좋았어. 서로 사랑하니까 닮아가는 거라고….

이젠 내가 더 너에게 잘할 수 있는데
이젠 내가 더 많이 사랑하는데
이젠 네가 더 많이 그리운데
너는 없네….

14

🌸 인정

네가 없다는 것, 다신 볼 수 없다는 것, 난 아직 인정하지 않을래. 나한테 작별 인사도 하지 않았잖아.

잘 지내라고, 사랑한다고, 그 어떤 말도 한마디 남기지 않고 내가 곁에 없는 틈을 타 아무 말 없이 가버렸잖아. 그러니까 우린 헤어진 것도 이별한 적도 없는 거야.

난 절대 너 없다는 거 볼 수도 없다는 거 끝까지 인정하지 않을 거야. 집착이라도 상관없어. 난 아직 이별할 준비가 안됐단 말이야.

하루하루 시간은 어제나 오늘도 변함없이 지나가고 난 너와의 데이트 시간을 기다리고 있어.

나의 퇴근시간을 기다리는 널 위해 난 오늘도 고민하고 있어.

영화는 뭘 볼지, 뭘 먹을지….

물론, 결론은 우리 둘만 있음 데이트고 매일이 기념일이니까.

그래, 오늘 영화는 내가 쏜다.

팝콘도 사서 기다릴게.

너 조금 늦어도 자리 비워 놓고 기다릴게.

얼른 와야 해.

영화 시작해.

🌸 쉬는 날

주말인데 12시가 되도록 누워있어.

너 있었으면 벌써 어디든 내가 좋아하고 신나는 음악 들으며 다리 한쪽은 창가에 걸치고 따라 부르며 가고 있을 텐데.

네가 없는 지금은 방구석 한편에 쪼그리고 네가 준 선인장만 바라보고 있는 내 모습….

엄만 자꾸 이러고 있는 내가 보기 싫으신가 봐.

물론 너도 이렇게 있는 내가 싫고 걱정되겠지?

밖으로 나가 친구들이랑 수다도 떨고 맥주도 한잔하고, 네가 있을 때처럼 밝게 지내길 바라겠지?

아니, 그러기 싫어.

난 너 없음 안되는 거 알잖아.

목소리도 그립고 가는 곳마다 너와 있던 곳만 찾아다니는 내가 싫어.

밖으로 나가고 싶지 않아.

차라리 비라도 오면 핑계 삼아 엄마 눈치 안 보고 비 맞으며 울기라도 할 수 있을 것 같은데….

🍃 그곳은 어때?

그곳은 어때?

어떤 곳이야? 추울까? 더울까?

아님 1년 365일이 봄날일까?

여긴 좀 있음 곧 겨울이야.

하루도 네 생각에서 벗어나지지가 않아.

용기도 없으면서 네가 있는 곳으로 가고 싶을 때도
있어.

시간이 얼마나 지나야…

시간을 어떻게 보내야 널 만날 수 있을까?

시간이 흘러 우리 정말 다시 만날 수 있다면 넌 나를
알아볼 수 있을까?

네가 떠나고 나서는, 하루가 일주일이 한 달이 너무
길어. 집에 들어오는 길에 편의점에 들려 맥주 한 캔 사
서 들어왔어.

내가 없는 그곳에서의 너를 생각하며 가슴이 먹먹해
서….

혼자 있을 너를 생각하니까 맥주도 눈물처럼 짜다.
안주도 필요 없을 만큼 오늘 맥주는 유난히 짜네.

그곳에 시간은 어떻게 갈까?

정말 그곳에 가면 여기 생각은 하나도 나질 않을까?

그래도, 아주 조금이라도 내 생각이 나면 언제든 기

다릴게.
　꿈속에라도 찾아와줬으면 좋겠다.
　언제라도…
　바람처럼, 비처럼, 눈처럼…
　어떤 모습으로든 나는 너를 바로 알아챌 수 있어.
　느낄 수도 있어.

🍀 바람이 분다

바람이 분다. 나는 느낄 수 있다.

무엇 때문인지 모르겠지만 머리카락이 바람에 스치는 느낌이 여느 때와는 달랐다.

부드러운 너의 손길 같기도 하고 귓가에 바람소리가 마치 네가 나에게 무언가 이야기를 하는 듯 간지러웠다.

기분 좋은 바람과 그 바람의 냄새….

내가 너와 함께 있을 때와 같은 느낌과 그 향기 같았다.

별 애기도 아닌 것에도 귀 기울여주던 항상 내 편이었던 네가, 지금 이 순간 늘 바랐던 대로 함께 있는듯한 기분 좋은 바람이 분다.

오롯이 내 생각이어도 상관 없고 착각이어도 상관 없다.

나만이 널 느낄 수 있는 바람이… 그 바람이 분다.

멈추지 말고 조금 더 불어줬으면 좋겠다.

🌸 나도 저들처럼 너와 함께 웃고 싶다

다른 연인들은 서로 마주 보며 웃는다. 물론 전부 다가 그런 건 아니지만 그래도 그들은 언제든 보고 싶다.

말하면 볼 수 있고 함께 웃을 수 있으며 아무것도 아닌 일에 짜증을 부려도 몇 시간, 아니 하루 이틀 정도면 언제 그랬냐는 듯이 서로를 다시 원하고 이해하며 마주 보며 웃는다.

나도 그들처럼 너와 함께 웃고 싶다.

마주 보고 손잡고 슬쩍슬쩍 뽀뽀도 해가면서 너와 함께 웃고 싶다.

언젠가부터는 무슨 요일인지 며칠인지 관심이 없어져 시간이 갈수록 낳아지는 것이 아니라 시간이 갈수록 네가 없는 이 시간과 공간 속에서 길을 잃고 자주 헤매다 점점 무너지고 있는 나를 본다.

이젠 그런 나를 잡아줄 응원해줄 너는 없는데 아직 나는 너의 응원을, 내게 해주던 용기 있는 말들에 사로잡혀 아무것도 할 수가 없다.

이런 내가 언제까지 버틸 수 있을까?

나는 그냥 언제나처럼 너와 함께 웃고 싶다.

사고로 네가 힘들 것 같다는 소릴 들었을 때도 나는 조금의 의심도 없었다.

그냥 며칠만 있음 내 곁으로 다시 돌아와 나와 함께

언제까지고 사랑하며 웃을것이라고, 절대 너를 보내는 일은 없을거라고 결코 그런일은 일어나지 않을것이라고 자만하며 다시일어나 내곁에서 웃어줄 너를 기다렸다.

아니 아직도 기다린다.

🌺 하나를 버려야 하나를 얻을 수 있다면

하나를 버려야 하나를 얻을 수 있다면, 나는 과연 무엇을 버려야 나가 얻고 싶은 너를 다시 한번 얻을 수 있을까?

내게서 가장 소중한 것을 버려야 한다면 그건 아마도 나이지 않을까 싶어. 그래야 너를 다시 얻을 수 있을 것 같아.

맞아, 나를 버려야 너를 얻는 것이 정답이었던 거야.

이곳이 아니라 네가 있는 그곳으로 내가 가야만이 너를 다시 얻을 수 있다는 생각이 지워지지 않고, 더욱더 강하게 뇌리에 박혀 다른 방법이나 생각은 떠오르지 않아.

하나를 버려야 하나를 얻을 수 있다는 것은, 결국 나를 버려 너를 얻을 수 있다는 것이었어.

나에게 너를 다시 찾을 수 있는 용기를 줘!

🍀 비

어제부터 계속 비가 오고 있어.

난 비 오는 거 보는 거, 비 오는 소리 듣는 거, 비 오는 거리 걷는 거 좋아하잖아.

근데 이상해.

비가… 내가 그리도 좋아하던 비가 내리는데 하나도 좋지 않아.

자꾸 눈물이 나.

그곳에서 네가 울고 있는 걸까?

아님 이젠 네가 없는 이곳에 내가 점점 멀어지는 걸까?

아무것도 할 수 없고 아무 생각도 할 수 없어.

뭘 어찌해야 될지도 모르겠고, 언제까지 이렇게 더 이상 기다려도 보고 파도 볼 수 없는 너만 기다리면서 살게 될지….

정말 모르겠어.

늘 단순한 내게 현명한 대답을 해주던 네가 곁에 없으니 어떤 결정도 결심도 할 수가 없어졌어.

비가 오면 그냥 좋았던 나는 마치 이젠 비 오면 바보가 된 거 같아.

아무 의지도 아무 생각도 없는 나는 정말 바보가 됐나 봐.

오늘도 나는 비 오는 하늘을 쳐다보며 너를 기억해.

너와의 모든 것들이 마치 거짓말처럼 나만의 상상처럼 나만 너를 유일하게 알고 있던 사람처럼 너를 기억해.

이렇게 비가 오는 날엔 더욱더 너를 기억나게 해.

비가,

너를….

🍀 팥빙수

기억나? 지난 여름 무지 더웠을 때, 우리 둘이 세숫대야 빙수라고 정말 무서울 만큼 양도 많았잖아. 그때 너무 웃겨서 사진 찍기에만 열중하고는 제대로 먹지도 못하고 감탄만 하고 있었던 거….

난 정말 잊을 수가 없어.

내 곁에서 환하게 웃고 있던 너와 나의 사진이 아직도 내 폰에는 그대로 언제나 웃는 모습으로 늘 함께였는데 언제부터인지 우리 둘이 찍었던 사진 말고는 더이상 아무것도 남아있지도 않고, 주고받던 메시지도 정지되어 있어. 그래도 난 너에게 메시지를 보내고, 오지 않을 것을 알면서도 나의 일상을 보내고 있어.

지워지지 않는 메시지 앞의 1….

읽지 않는 걸까?

읽고 싶지 않을 걸까?

알고 있으면서도 아직 난 너와의 시간 속에서 나갈마음이 없나 봐.

집착이라고 말하지 말아 줘.

난 내 사랑을 아직 놓고 싶지 않은 것뿐이야.

오늘도 난 널 느끼며… 너를 만나러 달려가고 싶어.

정말 보고 싶다.

네비를 켜면 가르쳐줄까?

🍀처음한 사랑도 아닌데

연애를 처음 해본 것도 아닌데 마음을 잡을 수가 없어. 하루 이틀만 연락이 없어도 답답했고 짜증이 나고 처음 사랑을 해본 것도 아닌데 정말 마음이 아파.

우리가 그냥 그저 그렇게 헤어졌다면 조금 달랐을까? 그럼 내가 너를 잊는데 이리 힘들진 않았을 수도 있었지 않았을까?

차라리 멀리 이민이라도 갔다고 생각하면 훨씬 수월할 것도 같은데 네가 이제 나와 같은 하늘 아래 어느 곳에도 없다는 것이 날 너무 괴롭게 하고 있어.

난생 처음 정신과 상담도 받아보고 수면제도 먹어보고 하지만 아무것도 듣지 않아. 그리 오래 몇 년을 만난 것도 아니면서 허무하게 말 한마디 없이 떠난 네가 밉다는 생각까지 들려고 해. 아니 정말 미운 게 아니라 널보낼 수 없는 내가 널 잡고만 있는 것 같아서 그게 너무힘들어.

널 놓아주고 싶어. 네가 더 이상은 이러고 있는 나 때문에 힘들지 않게 널 놓아주고 싶어. 머리는 놓아주라고 하는데 마음이 놓칠 않아.

얼마나 세게 붙잡고 있는지 아침에 일어나면 손바닥에 손톱자국이 깊게 패어있어.

아직은 안되나 봐. 널 내 마음에서 놓아버리기는….

🌸 살다보면

살아가다 보면 언젠가는 너에 대한 기억도 당연히 희미해지겠지.

알아, 시간을 흘려보내야 된다는 거.

하지만 그건 지금의 나에겐 아무런 약도 위로도 치유도 도움도 되지 않아. 굳이 너를 보내려고 하루빨리 잊으려고 하지 않아도 상관없잖아?

네가 어디 있건 볼 수 있건 없건 잠시 억지로 어찌해 보겠다는 생각은 하지 않을래. 너를 생각하는 시간들과 너와 함께한 나의 기억을 무작정 지우려고 떨쳐 버리려고 하지 않을 거야.

그래, 이렇게 시간에 마음을 맡기고 계절로 널 느끼고 그리워하는 것도 그리 나쁘지 만은 않은 것 같아.

그렇지만, 바보야!

이런 말 한다고 내가 너를 빨리 잊을 거라는 착각은 하지 마. 그냥 내 맘 가는대로 놔둬보려 해. 잊으려고 할수록 그리워하면 할수록 더 아프고 슬퍼지는 게 싫어. 나 편하자고 잡고 있는 거야.

내가 언제까지고 아프고 슬퍼만 하고 있음 네가 더 아플 걸 아니까….

나 때문에 슬프거나 아파하지 말아.

내 욕심에 널 잡고 있는 거니까….

🍀 하늘

난 가끔, 아니 자주 하늘을 올려다봐.

따스한 봄 하늘, 뜨거운 여름 하늘, 청명한 가을 하늘, 조금은 쓸쓸해 보이는 겨울 하늘….

난 하늘 보는 게 좋아.

마음이 깨끗해지고 나를 반성하게 만드는 것 같은 마술을 부리는 것 같아.

착해지라고, 울지 말라고, 힘내라고….

그렇게 나를 위로하며 내려다 봐주는 하늘이 난 좋아. 그런 하늘이 오늘 밤에는 별을 선물로 보여주고 있어.

오늘도 고생했다고… 너는 반짝반짝 빛나는 이쁜 사람이라고….

이렇게 예쁜 밤하늘의 별을 선물 받은 날은 나도 다른 사람에게 인정받고 소중한 사람이라는 생각이 들게 해줘서, 그래서 난 하늘이 너무 좋아!

🌸 친구

아주 오랜만에 친구를 만났어. 10년은 족히 된 것 같은데 친구는 어느새 엄마가 되어 있네. 우린 서로 하나도 안 늙었다고 작은 거짓말을 하면서 잠시 웃고 있어. 당연히 나올 말이 나오더군.

넌 왜 아직?

누구 없어?

괜찮은 사람 있으면 소개해줄까?

잠시 나마 잊고 있던 너를 기억하게 만들어주는 질문….

너무도 당연한 말이니 태연해지더라.

딱히 대답할 말도 없고, 그냥 웃었지.

친구도 그런 나를 보며 웃더라.

애인도 없는데 잘 지내는 듯 보여 보기 좋다고….

거봐! 나 걱정 안 해도 되겠지?

이렇게 꿋꿋이 밝게 지내는 거, 거기서도 보이지?

오랜만에 만난 친구 덕에 눈물 없이 너를 그리워해….

네가 아직 곁에 있는 것처럼 편안하게….

🌺 사랑1

사랑이 뭐 별건가?

꼭 남자 여자가 만나야만 사랑은 아니잖아.

사랑이 뭐 특별한가?

그냥 마음 맞고 대화 잘 통하고 함께 있는 것만으로도 시간 가는 줄 모르고 별거 아닌 거에 오버하고 좋아하고 기뻐하고….

사랑이 뭐 별건가? 정작 본인인 나는 편안해지고 있는데 왜들 그런지….

이렇게 지내는 내가 답답한 사람들 보란 듯이 대충 아무나 만나서 정들고 좋아지고 하는 거라면 얼마든지 보여줄 수 있어.

그렇지만 난 아직 그 별거 아닌 사랑이라는 거 하고 싶지 않아. 이유가 너 때문이라고는 생각하지 말아 줘.

정말 사랑이라는 것이 별것 아니라면 내가 하고 싶을 때 아직 네 생각 하는 내 마음을 상대에게 들키지 않을 수 있을 때 그때 생각해볼게.

별것도 아닌데 급할 것 없잖아?

보고 있어?

나 조금씩 강해지는 거….

🌱 너무 강해졌나?

어리버리 김대리가 달라졌다고들 난리야.

밝아지고 그 어떤 타박에도 강해졌다고….

난 달라지고 싶었어.

네가 없다고 날 우습게 보지 않게 멍 때리는 어리버리 김대리가 아니라고, 아니었다고….

보여주고 싶었어.

아니 강해지고 싶었어.

너 아님 못 했던 것들부터 너 아님 꿈도 꾸지 못 했던 것들… 그렇게 한 가지씩 한발 자욱 씩 방 한쪽 구석에 숨어있는 나를 이제는 꺼내주고 싶어졌어.

여러분! 더 이상의 어리버리 김대리, 이제 없습니다.

갑자기 너무 강해졌나?

그러면서도 세월이 흘러도 너를 잊지 못하거나 너를 놓지 못하고 있는 나를 내가 우연히 본다면 너무 바보 같을 것 같아.

아니, 그런 내가 불행해 보일까 봐

강해지고 싶어.

🌸 나 참 못된거 같아

며칠 전 할머니가 돌아가셨어. 오랜 시간 요양원에 계시다가 며칠 전 네가 있는 그곳으로 떠나셨어. 가만히 장례식장에 앉아 할머니 사진을 바라보는데 눈물이 나는 거야.

할머니가 돌아가셔서 슬픈 게 아니라 갑자기 네 생각에 눈물이 나는 거야. 사람들은 그런 나를 안쓰러워하며 마음 아프게 감싸주더라고.

할머니께는 정말 죄송한데 그 순간 갑자기 왜 네가 생각이 났는지 나도 모르게 조용히 울고 있었어. 그러면서 한편으로는 네가 우리 할머니를 만났을 것 같은 아주 바보 같은 생각을 해봤지.

나 참 못됐지?

사랑하는 사람들이 내 곁을 떠난다는 걸 한 번도 생각해본 적도 없었는데 가슴 한쪽에 구멍이 난 것처럼 추운 칼바람이 들어오는 것처럼 마음이 공허하다는 생각이 들더라.

이젠 할머니도 볼 수 없고, 너와 마찬가지로 더 이상 같은 세상에 없다는 것이 무서워졌어. 이렇게 하나둘씩, 나 역시도 언젠가는 가는 곳이겠지?

내가 아직 이곳에 있는 동안에는 내가 사랑하는 사람들만은 내 곁에 오래 있었으면 좋겠다는 욕심 아닌 욕심을, 투정을 부리고 싶어.

　나 참 못됐지?

　그래도 이젠 할머니도 그만 아프시고 편히 쉴 수 있게 되어 다행이라는 생각도 들어.

　늘 요양원에서 치매로 고생하시다 바싹 말라가고 있던 할머니도 이제는 편한 마음으로 우릴 지켜보실 테니까….

🌺 아끼지 말걸

너를 사랑하는 동안 정말 아끼지 말아야할 것들이 있었어.

사랑한다는 말과 표현, 이해와 배려….

아주 오래전에 읽었던 책인데, 남자와 잠자리를 하면 죽는 병에 걸린 여자가 누구도 사랑하지 않으려고 노력하다가 결국은 사랑하는 사람을 만나게 돼.

둘은 너무 행복하고 예쁜 사랑을 시작했지만 남자는 여자를 자꾸 원했던 것 같아. 아마 사랑을 확인하고 싶었겠지.

여자는 자기가 가진 병을 말도 못 하고 늘 이런저런 핑계만 대며 남자를 거부했어. 그러던 어느 날 남자가 군대를 가게 됐지. 아마 겨울이었던 것 같아.

여자와 남자는 입대 전날을 함께 보내기로 하고 둘이 산장 같은 곳에서 지내기로 했던 거야.

남자는 정말 여자가 자길 사랑하는지 더욱 확인해보고 싶어 했어. 여자는 하는 수 없이 자기의 병을 얘기해버린 거야. 남자는 그제야 여자를 이해하며 지켜주기로 결심을 했는데 여자는 생각이 바뀐 거야.

여자도 정말 사랑하는 사람과 진심으로 사랑을 나누고 싶었거든. 어찌 됐든 사랑을 하면 죽는다 해도 여자는 그 사랑을 지금 사랑하고 있는 그와 하고 싶었던 거야.

그 다음날 새벽에 일찍 입대를 해야 하는 남자는 결심을 해. 둘이 처음이자 마지막 사랑을 하고 함께 죽는 걸로….

결국 둘은 뜨거운 사랑을 나누었어. 하지만 여자는 그 한 번의 사랑때문에 과다출혈로 죽은 거야. 남자는 여자 곁에서 떠나지 않았고, 그녀 곁에서 죽음을 함께 하게 된다는 내용이었어.

대단한 용기를 가진 그들의 사랑에 나는 감동을 받았어.

지금 이런 말을 하는 이유는 너와 함께일 때 내가 너무 많은 것들을 아끼고 재고 쓸데없이 고집을 부린 것이 뒤늦게 너무 후회가 돼.

많이 안아주고 사랑해주고 감사하며 지낼걸….

🌼 사랑은 또 오고 그렇게 또 가겠지?

마음을 다 주지 않는데 사랑이 오래가겠어?

내가 느끼는 것을 상대가 굳이 말하지 않아도 알아준다면 사랑의 깊이는 달라지겠지?

변하지 않는 것에 노력하지 않는다고 화를 내고 나는 잘하고 있다고 생각하지만 상대는 그렇게 생각하지 않을 수도 있잖아.

꼭 누가 먼저 전화하는 게 뭐가 그리 중요하고 누가 먼저 보고 싶다고 말하는 게 뭐가 그렇게 자존심 세울 일인가?

그냥 곁에서 가까이 손 내밀면 언제든 잡아줄 수 있고 추우면 안아주고 더우면 땀도 닦아주고 그냥 편하게 그렇게 사랑하면 안 되는 건가?

속 태우고 애태우고 아무리 말해도 변하지 않는 것은 변하지 않나 봐.

그럼 그땐 손을 놔야 하는 거 아닌가?

손은 놓지도 않고 상대의 변화에만 집중해 있다면 그건 정말 사랑 같지 않아. 그냥 나에게 맞는 사람으로 바꾸려는 것 밖에 되지 않는 거지.

사랑은 각자 다른 두 사람이 함께 하는 거지 무조건 내게 맞춰주길 바란다면 그건 아바타밖에 되지 않잖아.

관심도 지나치면 상대에겐 집착처럼 느껴져서 오히

려 더 잡히지 않을 거야. 그러면 그럴수록 내가 나를 힘
들게 하는 것밖에 안되는 거야.

　힘들겠지만 그에게도 여유를 줘 봐!

　사랑하는 믿음이 있으면 그 여유를 즐겨보는 것도
멋질 것 같아.

🌸 너를 보낸지도

너를 보낸지도 벌써 1년이 다 되어가고 있어.

지난가을과 겨울은 너무 힘이 들었어. 이젠 그런 힘 든 내색을 하기 싫어서 작은 원룸이지만 독립을 했어.

제일 먼저 칫솔을 두 개 샀어.

그냥 누군가 곁에 있다는 느낌?

혼자가 아니라는, 외롭지 않다는 생각을 하려고 제일 먼저 칫솔부터 꽂아뒀어.

하나는 핑크, 하나는 파랑… 나란히 꽂혀있는 것뿐인데 기분도 좋아지고 웃음이 나.

하늘을 좀 더 가까이 보고 싶어 3층으로 선택을 했어. 그럼 조금이라도 너와 가까이 있는 거 같잖아.

거기서도 잘 지내지?

나도 정말 잘 지내보려고 마음먹었는데 벌써 외롭다.

너무 걱정은 하지 마.

딱 견딜 수 있을 만큼만 그리워하고 외로워하고 조금만 울게.

딱 견딜 수 있을 만큼만… 그렇게 할게.

이젠 억지로 참지 않기로 했으니까….

🌸 새로운 만남

오늘은 회사에 신입사원이 들어왔어. 나를 보듯이 어리버리 하지만 풋풋하고 나름 깔끔하게 생겼더라고.

다른 사람들도 나와 같은 생각인지, 서로 말은 안 해도 눈으로 웃었어.

입사 3년 다 돼가니까 나도 이젠 제법 선배티가 나는지 다들 나보고 사수를 하라고 그러더라고. 조금 부담스럽긴 했지만 오랜만에 다른 일에 빠져보는 것도 괜찮을 것 같아 그러겠다고 했어.

별수 없이 둘이 외근을 나와 여기저기 대리점부터 다니기 시작했는데 이상한 거 있지?

이 친구 왠지 낯설지가 않은 느낌… 뭐지?

딱히 뭐라고 정확히는 말 못 하겠지만 왜 이 어린 친구에게서 너의 느낌이, 너의 미소가 보이는 거지?

오해일 거야. 아닐 거야.

전혀 다른 모습의 얼굴에 외모인데 왜 순간순간 너를 느끼게 하지? 이런 느낌, 나는 싫은데….

이런 새로움에 너를 느끼고 싶지 않아.

난 아직 아무렇지 않은 척해도 여전히 네 생각 하다가 울면서 잠드는 날이 너무도 많은데….

나의 오지랖이어도 상관없지만 혹시라도 지금 내 옆자리에 앉아 생글거리며 웃고 있는 이 사람, 나에게 다가오는 일은 없었으면 좋겠다.

아직은 새로운 사람, 새로운 사랑 같은 건 널 벌써 지워버린 거 같아서 정말 싫은데….

오늘 밤도 조금은 울다 잠이 들겠다.

🌺 그녀석

얼마 전 입사한 신입이 자꾸 거슬려. 신경 쓰고 싶지 않은데 아직도 내 맘은 겨울인데 그 녀석은 마치 봄처럼 다가오고 있어.

이렇게 따스해도 될까 싶게 겨울을 녹이려 드는 그 녀석이 자꾸 나의 겨울을 깨뜨리려 해. 처음엔 그냥 내가 선배고 대리고 사수니까 그런가 보다 했는데 자꾸 조금씩 너의 자리를 비집고 들어오려 해.

아닌 척, 강한척 하려는데 어떤 때는 너를 잠시 잊게 만들 때도 있고 정신 차리려고 하면서도 나도 모르게 조금씩 녀석의 봄 속으로 들어가고 싶은 생각을 하게 만들어.

회식자리에선 흑기사를, 비 오는 날은 우산을, 피곤한 날은 어떻게 알았는지 눈치 빠르게 커피를 타오는 그 녀석이 자꾸 신경이 쓰여.

궁금하지 않은데 자기 얘기를 하고, 내 조금의 변화에도 관심을 갖고… 이 녀석, 뭘까?

처음부터 조금 거리를 두었어야했나?

너무 익숙한 듯 내게 자기의 봄을 나눠주려 해.

나의 겨울을 녹이려고 노력하는 걸 보니 딱 여기까지만 그 녀석의 자리였으면 좋겠다.

더 이상은 녀석에게 너의 자리를 나눠주고 싶지 않

다는 생각을 해.

　아니 내가 그 봄에 흔들리지 않게, 그 봄에 내가 녹지 않게 나를 잡아줘.

　오늘은 유난히 더… 네가 그립고 그립다.
　누구도 아닌 너를 안고 봄을 느끼고 싶어.
　아직은 너 아니면 안 되는 난,
　계속 겨울이고 싶은데….

🌸 오랜만이야

오랜만에 너와 자주 오던 카페에 왔어. 주인 사장님 내외도 그대로고 7080음악도 그대로야.

사장님이 물 잔 두 개를 내려 놓으시면서,

"오늘도 두 분이시죠?"

하는데 그냥 웃음으로 넘겼어.

한참을 창 밖만 보고 있으니 사장님이,

"오늘은 애인분이 조금 늦으시네요."

하면서 웃으시며 금방 구운 모닝빵 두 개를 주시고 가는 거 있지?

네가 참 좋아했는데….

이 집 빵도, 음악도 분위기도….

오랜만에 오니까 네가 앞에 앉아있는 거 같아서 좋다.

정말 봄이 없어졌는지 살짝 더운 느낌이 드네.

그동안 네가 늘 덤벙댄다고 하던 나는 별 탈 없이 잘 지내고 있어. 네가 없어도 세상은 아무렇지 않고 찻집도 주변 사람들이며 모든 것이 늘 제자리에 있어.

너만… 너만이 이 자리에 없을 뿐….

나 역시도 네가 없는 이 자리에 이렇게 혼자 오게 될 줄은 정말 몰랐어. 인사를 하고 나오는데 사장님이 따라나오시며 그러더라구.

"별일 있는 건 아니지요?"
난 일초도 망설임 없이,
"그럼요, 그 친구 여행 갔어요."

그날 차를 몰고 오면서 조용히 생각했어.
그냥 네가 여행 간 것이라 생각하며 살기로….
조금 멀리, 조금 오래
조금 긴 여행을 간 거라고….

🌸 흔들리기 없기

사람들이 다 내 생각, 내 맘 같지 않다는 말이 요즘은 새삼스레 맞는 말 같다는 생각을 해. 누가 그런 말을 처음에 했는지 그것조차 궁금할 정도로….

아마 옛날 옛적 어른들이 다 경험하고 하신 말씀들일 거야. 그러니까 누구나 할 것 없이 그 말을 인정하는 것일 테고….

나는 그냥 가끔씩 너와 함께했던 공간에 잠시 들려 너를 느끼며 살아가고 싶은데, 그게 내 맘 같지 않네.

신입이 정말 나에게 다른 감정을 느끼나 봐. 주말엔 뭐 하냐고 묻고 영화 볼 사람이 없다고 같이 보자고 하질 않나, 저녁에 야근한 날은 자기가 쏜다며 치맥 한잔하고 가자고 그러기도 하구….

다른 사람 다 놔두고 왜 하필 나에게 자꾸 귀찮게 이럴까? 나를 보면 가끔 다른 세상에 사는 사람같이 보인데.

무슨 말일까?

외로워 보인다는 말일까? 아님 가끔 멍하니 있어서 그런 걸까?

아무튼 점점 다가오는 느낌….

할 수 있음 스팸처리하고 싶다.

흔들리지 않게, 읽기 전에 차단해주는 그런 스팸처

리를 하고 싶다.

녀석이 나에게 어떤 감정이든 그것이 좋은 감정이든 그냥 윗사람에 대한 예의상 멘트라면 녀석의 사수는 그만 해야겠어.

내일은 녀석에게 꼭 말하고, 그 봄 같은 따스함을 스팸처리해버려야 할 것 같아.

🌸 뽑기

옛날 우리 어릴 적에 학교 앞 문구점에 가면 이것저것 먹을 거 만들 거 뭐든 다 있었잖아.

그중에 기억나? 뽑기라는 거.

잘 뽑으면 한 번 더라는 종이가 나오는 뽑기!

그럼 다시 한번 뽑을 수 있는 기회가 주어지던 거….

그게 아직 있다면 꼭 한 번 더라는 뽑기를 뽑고 싶어.

그럼 혹시 모르잖아. 너를 다시 한 번 더 볼 수 있을지.

오랜만에 문구점을 보니 그게 생각이 나더라고.

한 번 더, 한 번만 더….

오늘도 나는 되지 않을 꿈을 꾸고 있나 봐.

되지 않을 꿈일지라도 할 수만 있다면 문구점에 있는 뽑기를 다 뽑아버릴 수도 있을 텐데.

한 번 더라는 뽑기가 나올 때까지….

1등 2등이 아닌 그냥 한 번 더가 나올 때까지….

그건 너였어도 나처럼 똑같이 했을 거야.

그치?

보고 싶다….

얼마나 시간이 지나야 너를 추억으로 기억하며 살아질까?

🌼 사랑은 사랑으로

사랑의 아픔을 지우는 방법 중에 사랑은 사랑으로 지우라는 말이 있잖아.

내 친구 은주 알지? 오늘 은주가 오랜만에 전화해서 소개팅을 하라는 거야. 언제까지 혼자 궁상떨면서 과거에 묻혀 살 거냐고….

어쩔 수 없이 나간 자리에 점잖게 정장을 입은 남자가 앉아 있는거야. 그도 나도 별말 없이 차를 마시면서 시간만 흘려보내고 있는데 그가 제일 먼저 꺼낸 말이 나를 아프게 만들더라고.

힘든 상처를 받은 걸 알고 있다고….

근데 그 말이 날 위한 위로였겠지만 처음 본 사람이 첫마디로 너의 애길 꺼낸다는 것 자체가 그냥 싫었어. 가벼운 마음으로 나간 자리에서 나의 어둠을 들킨 것 같고, 어둠을 숨기고 지금 이 자리에 있는듯한 기분이 들더라고.

난 대답 없이 차를 몇 모금 더 마신 뒤 일이 있다고 나왔어.

내가 너무 과민한 건가?

내가 아닌 다른 사람들이 너를 얘기한다는 것이….

너를 잊는 것도 지우는 것도 너에 대한 모든 것은 나만이 하고 싶은데….

이 좋은 날씨에,
나는 오늘도 너 없이 걷는다.

🍃안가는척 하더니 시간은 말 없이 가고 있었어

네가 떠난 지 어느덧 벌써 2년이 다 되어가네. 마치 어제 일처럼 아직 너의 마지막 모습이 또렷한데, 네가 떠난 후 나… 많이 변했어.

이젠 제법 눈물을 참을 줄도 알고, 보고 싶어 울다 잠드는 날도 많이 줄었어.

너 없이 아무것도 못하게 만들어 놓고 가버린 널 원망한 적도 있었지만 지금 생각하니까 원망이 아니었던 거야. 그냥 핑계를 너에게 돌린 거였어.

지금은 다시 제자리를 찾기 위해 발버둥을 치고 있어. 잊기 위해 억지로 무언가에 열중하지도 않아. 너를 그리워하다 잠 못 들고 울까 봐 몸을 힘들게도 하지 않아.

이제는 나도 조금씩 너를 놓아주고 있나 봐.

아니 더 이상 잡고 있지 않으려고.

널 더 이상 그곳에서까지 나 때문에 힘들게 하고 싶지 않아. 우리가 함께 자주 갔던 곳은 되도록이면 더 이상 가지 않을거야.

어느 날 갑자기 번개를 맞은 것처럼 한마디도 제대로 하지 못하고 헤어졌지만 너는 이미 내 안에 너무 깊이 박혀있어.

뽑아내기 힘들겠지?

그래도 이젠 좋은 기억으로 가슴에 숨겨 놓을거야.
그렇다고 섭섭해하진 마. 가슴에 숨겨놓은 건 아무도
찾지 못하니까 더 이상 널 잊어버릴 일도 없을 거야.
　정말 살다가 힘들 때, 너무 지치고 아플 때 한 번씩
만 꺼내서 잠깐만 보고 다시 숨겨놓을 거니까.

　사랑해….
　함께하는 동안 사랑했어.
　고마웠고 미안해….

🌸 이별에 대처하는 방법

사람들은 이별을 어떻게 감당하며 대처할까?

며칠을 술로 산다든가, 아님 또 다른 사랑을 찾으려고 노력할까?

아무리 냉정한 사람이라도 가끔은 이별에 상처를 받겠지?

아닌 척 쿨한 척 괜찮은척해도 가슴은 아닐 거야. 보고 싶고 다시 시작하고 싶고 매달려보고도 싶을 거야.

정말 하루 이틀 만에 이별을 정리할 수 있는 사람이라도 마음은 아팠을 거야.

난 어떤 방법으로 이룰 수 없는 너와의 이별을 이겨낼 수 있을까?

매일은 아니지만 가끔은 너의 생각에서 벗어나고 싶을 때가 있어. 근데 그게 안되는 거야. 다른 사람들도 나와 같이 이별이 힘들었을까?

어디서든, 언젠가는 만날 수 있는 이별과 그 어디에서도 볼 수 없고 만날 수 없는 이별이 같을까?

나만 불공평하다고 말하는 게 아니야.

나만 힘들다고 말하는 게 아니야. 단지 그 이별의 방법, 이별을 이겨내는 답을 듣고 싶을 뿐이야.

나만 아프고 슬프고 돌아오지 않을 너를 기다린다는 말이 아니라 이 아픔에서 이제는 벗어나고 싶어졌어.

이제는 널 위해서가 아니라 날 위해서 겨울을 지나 봄을 느끼며 살아보고 싶어졌어.

언제쯤이면 너와의 이별에 덤덤해질 수 있을까?

언제쯤이면 너와의 기억이 희미해질까?

지금 이 순간에도 너를 생각하고 있으니 하는 말이야.

🍀 고백

그동안 이상하다고 느끼긴 했지만 신입이 고백까지
할 줄은 몰랐어. 그동안 알면서도 모른 척, 못 들은 척,
눈치 없는 척 하며 그를 피했어.

근데 오늘은 꼭 할 말이 있다고 퇴근 후에 차 한잔하
자는 거야. 그래서 거절하려는데 딱 한 번만이라고 해
서 단단히 마음을 먹고 나갔지.

그는 조금 시간을 끌다 내가 먼저 말하려는 틈을 노
려 고백을 하더라고.

"선배 좋아해요."

난 아무 말도 할 수가 없어서 잠시 멍해 있었어. 눈치
는 채고 있었지만 고백까지 할 줄은 몰랐거든. 그런 그
가 나를 좋아한다고 내 앞에서 용기를 내면서 말을 하
고 있는거야.

너를 보내고 어느덧 내 나이도 31살….

항상 밝고 따뜻함을 가지고 있는 그는 27살이었어.
난 그에게 아직 사회 초년생이라 잠시 그렇게 느낄 수
도 있다고 말했어. 그리고 그 감정은 사랑이 아니라고
잘 생각해보라고 했어. 앞으론 이런 자리 만들지 말아
달라고 아이에게 타이르듯이 말을 하고 나왔어. 그런데
그가 뛰어 나오더니 날 잡고서 그러는거야. 자기를 어
리게만 보지 말고 남자로 봐주면 안 되겠냐고.

그의 눈을 보니 장난 같지는 않았지만 나는 자신이 없었어. 아직은 누굴 받아주고 나누고 할 마음의 여유도 없었고….

나는 그래도 그의 용기가 가상하다는 생각에 어깨를 한번 토닥이고 돌아서 왔어. 그런데 이상한 건 내 심장이 막 뛰고 코끝이 찡하고 마치 거짓으로 그를 밀쳐내고 있는 것 같은 느낌이 들었던 거 같아.

그의 봄 같은 따스함에 겨울이던 내 마음이 잠시 녹아버릴뻔 했어. 내일 그를 회사에서 마주친다면 지금의 내 마음을 들키지 말아야 할 텐데….

나 잘할 수 있을까?

🌸 봄 같은 그가

며칠 전 그 일로 신입과는 조금 거리감이 생겼지만 자꾸 그가 신경이 쓰여. 봄날 같았던 그가 별로 웃지도 않고 기운 없어 보이더라고.

난 그를 일부러 안 보려 했지만 자꾸 보게 되고, 괜히 미안하다는 생각에 오히려 내가 신입의 눈치를 보고 있는 것 같은 느낌이 들었어.

난 내 의사를 정확히 밝혔고, 그 역시 그걸 인정한 줄 알았는데 그게 아니었나 봐.

잠시 스쳐지나는 그에게서 술 냄새가 났어.

설마, 그 일로⋯

나 때문에⋯.

진짜 신경 안 쓰려는데 그럴수록 이상하게 자꾸 그의 표정에 신경이 쓰였어.

'뭐, 며칠 지나면 괜찮겠지.'

그러다 괜히 한마디 했어.

"김은옥 씨!"

"네."

"매장 순회 돌아야 하는데 술 냄새가 많이 나네요."

"오늘은 사무실에 있어도 돼요."

"아닙니다. 저도 같이 가겠습니다."

함께 간단 말에 은근히 기분이 좋았어. 사실 그의 반

웅이 궁금했거든.

　스펀지에 물이 스미듯 이렇게 그가 내게 스며드는 걸까? 난 그의 봄 같은 모습이 그냥 좋아 보였을 뿐인 데….

　딱 여기까지만,

　그의 봄에 내가 녹지 않게 딱 여기까지만….

🌸 인연이라면

그가 나의 인연이라면 난 어떡해야 할까?

아직 너의 자리도 비우질 못했는데 내가 그를 받아들일 수 있을까?

아니, 생각하지 말자. 신경 쓰지 말자!

그는 그 이후로도 가끔 내게 그냥 점심을 같이 먹자는 둥, 오늘 고생했으니 잘 자라는 둥… 메시지를 보내고 있어.

처음엔 이러다 말겠지 했어. 내가 아무 반응이 없으면 그도 포기하겠지 했어. 그런데 답장 없는 메시지에도 그는 꾸준히 날 신경 써주고 신경 쓰이게 하고 있어. 나도 그를 어느 순간부터 기다리고 있었던 거 같아.

메시지가 오지 않은 날은 자꾸 전화기를 보게 되고 쓸데없이 그의 메시지를 기다리고 있어. 나만 인정하지 않는 척, 그의 존재를 조금씩 받아들이기 시작한 것 같아.

흔들리고 있다는 건 인정하지만 여전히 자신은 없어. 아무리 그래도 아직은 그를 받아들이지는 못할 것 같아. 정말 그가 나의 인연이라면 나 역시 그처럼 자신감이 생길 수 있을까?

그가 진짜 나의 인연이라면….

🌸 너를 한번만이라도

너를 잊어가나 봐.

이젠 눈물도 말랐는지 너를 생각해도 눈물이 나질 않아.

얼굴도 가끔은 생각이 안 나. 생각이 안 나는 게 아니라 생각을 하지 않으려는 마음이 생긴 것 같아. 조금씩 시간을 앞당겨서 너를 보내려는 마음이 드는 걸 보니 나도 어쩔 수 없는 여자이고 사람인가 봐.

그렇게 보고 싶고 만지고 싶고 느끼고 싶던 너였는데, 너와의 추억만으로도 얼마든지 살아갈 수 있다고 생각했는데… 이제 다른 사람을 받아들일 준비를 시작하고 있는 것 같아.

미안해….

아무것도 결정된 건 없지만 그냥 너에게 미안한 마음이 들어. 함께 했던 추억만으로도 충분히 견딜 수 있을 거라고 생각하면서 지냈는데, 캄캄한 내 마음에 조금씩 해를 비추는 사람이 다가오고 있어.

나 너의 허락을 받고 싶어.

봄날 같은 그 사람에게 내 마음을 조금만 녹이고 싶어.

그래도 될까?

아니 그러고 싶어.

너를 속이고 싶지 않아.

이 기나긴 겨울에서 이제는 봄도 되고 여름도 되고 가을도 되고 싶어.

누군가를 받아들여서 또 한 번 상처를 받을까 겁도 나지만 노력도 해보지 않고 포기해버리고 싶지 않아. 너를 한 번만이라도 볼 수 있다면 이런 허락 따위 구하지 않았을 거야.

오늘은 너를 만나고 싶다.

🌸 60대40

신상품 출시로 정신없이 하루가 어떻게 갔는지 모르겠어. 정말 밥 먹을 시간도 없이 다리가 퉁퉁 부어서 들어왔어.

씻지도 않고 곧바로 누웠는데 다른 날 같았으면 네가 젤 먼저 생각나고 보고 싶은 마음에 눈물이라도 날까 힘든 몸을 간신히 일으켜 힘을 내곤 했는데, 지금 난 누워서 네가 아닌 그 녀석을 생각하고 있어.

전에 없던 일들이 조금씩 나에게 변화가 생기는 걸 느끼면서도 너에 대한 미안함보다는 녀석의 지금의 시간이 궁금해지고 있고, 녀석의 메시지를 기다리고 있어.

이젠 녀석이 너의 자리를 비집고 들어와버렸나 봐. 아직 뭐라 확실하게 말하진 못하겠지만 내 마음이 녀석에게 분명 무언가를 느끼고 있다는 것이 두려워.

어느새 녀석은 너의 자리에 60이 되어가고 있고 넌 40이 되어버렸어. 이런 마음이 되어버렸으면서도 가끔은 녀석의 웃음에도 뒤돌아 눈물이 나더라.

그냥 나를, 내 맘을 말하지 않아도 너처럼 알아주고 있다는 그것만으로도….

🍃 작은 바람인줄 알았는데 내가 흔들리고있어

녀석의 마음을 받아주고 나니 우리 둘은 급속도로 가까워지고 있어. 매일매일이 새롭고 달라 보여.

뭐든 알아서 척척 데이트 코스를 짜고 내가 좋아하는 쪽으로 배려해주고 회사든 어디든 나를 먼저 생각해주는 사람이 생겼다는 것이 믿어지지 않을 만큼 녀석의 자리가 커져가고 있어.

그의 자리가 커질수록 너의 자리는 작아지고 있다는 걸 느끼지만 늘 가슴 한편엔 여전히 네가 문득문득 생각나고 내가 웃을수록 너에 대한 미안함은 줄어들지 않고 있어.

온전한 둘만의 데이트가 아니라 마치 세 사람이 함께 하는 데이트같이 가끔은 그에게서 너를 찾으려고 할 때가 있어. 나쁜 건 알지만 네가 자주 해주던 노래를 자꾸 해달라고 할 때가 있어.

조금씩 변해가고 낳아지면 너의 자리는 정말 더 내 맘에서 작아지겠지. 그렇게까지 되진 않았으면 좋겠는데, 나의 욕심이란 것도 알지만 내게서 널 아주 놓아버린다는 것은 단 한 번도 생각해본 적이 없거든.

그를 만나면서 너를 생각하는 나
너를 생각하면서 그를 만나는 나

정말 작은 바람이 부는지 알았는데 지금 난 그 작은
바람에 심하게 흔들리고 있어.

너의 향기가 나지 않는,

너를 느낄 수 없는 그 바람에….

🌸 온전히

그는 가끔 나를 알 수 없다고 말을 한다.

알 수는 없지만 어딘가 한쪽이 가끔 슬퍼 보인다고….

나는 그의 말에도 너에 대한 얘기는 하고 싶지 않다.

그냥 그렇게 말할 때마다 난 그냥 미소 짓는다.

비록 그 미소가 어떤 의미인지 그는 모를 것이다.

아니 모르는 게 낫다고 나는 생각한다.

그는 나에게 사랑한다고 말하지만 나는 온전히 그의 사랑에 확신이 서지 않는다.

그는 내가 사랑한다는 말을 하지 않는 것이 자기를 불안하게 만든다고 했다. 하지만 나는 아직 사랑한다는 말을 할 수 없다. 진심으로 온전히 사랑하지는 않기 때문에 거짓을 말하고 싶지 않다.

이런 나의 마음을 그가 안다면 그 또한 나의 곁에 오래 있지 않을 것이다. 그걸 알면서도 나도 그처럼 사랑한다고 말하고 싶지만 내 가슴이 진정으로 그를 받아들일 때 진심을 담아 사랑한다고 말하고 싶다.

그가 내게 시간을 준다면….

🌸 그는 생각보다

사내연애….

예전에 티브이에서나 보고 듣고 나와는 전혀 무관할 것이라고 생각했는데, 막상 내가 주인공이 되고 보니 생각보다 짜릿하고 나쁘지 않다.

그런데 자꾸 마음 한쪽에선 그에게 내 마음을 다 주어선 안될 것 같은 느낌이 든다.

왜일까?

무엇 때문인지 모르지만 왜 자꾸 그 생각이 떨쳐지지가 않는 것일까?.

그가 나보다 어려서?

그 또래의 친구들과 비교가 돼서?

아니, 그런 건 상관없다.

난 그가 원하거나 누군가 그를 나보다 사랑해주는 사람이 생긴다면 난 언제든 그를 놓아줄 것이다.

지금 생각하니 내가 이런 마음을 먹고 있는 건 나 홀로 아직 일어나지도 않은 이별에 대처할 준비를 해두고 있던 것이었다.

하지만 그는 내 생각보다 어리지 않았다.

내 생각을 읽기라도 한 듯이 그는 말한다.

자기 친구들보다 내가 더 어려 보이고 예쁘다고….

진심이든 아니든 그 한마디에 그와의 만남에 나의

겨울이 지나고 있다는 것이다.

이제 남은 건 내 생각을 바꾸려 노력하는 것이다.

우선은 그의 사랑을 믿어보는 것.

나의 대한 배려 역시 진심으로 받아들이는 것.

몇 살 더 먹었다고 하대하지 않는 것.

그가 나를 깊이 사랑해주고 있다는 것을 의심하지 않는 것.

나의 슬픔을 그에게 들키지 않는 것.

나도 그를 사랑하기 시작하는 것.

마지막으로, 이 모든 것들에 대해 노력하는 것.

🌸 악어의 눈물

그는 내가 생각한 것보다 훨씬 빨리 너를 잊을 수 있게 하고 있다. 이렇게 빠른 속도로 너를 잊어가게 할 수 있을지 몰랐다. 아니 너에게서 나를 마치 떼어내기라도 하듯 하루하루 나를 당황하게 너보다 그를 더 생각하게 만들어가고 있다.

가끔 하늘을 보는 것도 잊을 만큼 무섭고 겁이 나지만, 나 역시 그에게 빠른 속도로 가고 있음을 인정하지 않을 수가 없다. 미안함마저 줄어들고 슬픔마저 잊어가고 있는 내가 미울 만큼 나는 너에게서 그에게로 가고 있다.

그의 봄으로….

더 이상 나는 겨울에 머물고 싶지 않다.

늘 아닐 거라고 인정하지 않고 오롯이 너만이 나를 녹일 수 있다고 잠드는 순간까지 너를 기억하며 울다 잠들었던 나를 기억조차하지 않고 있다.

진정 이런 일이 일어날 수 있는 걸까?

그리도 그리워하고 너 아니면 안 된다던 내가… 그랬던 나였는데, 어느 순간 나도 모르게 더 이상 너를 생각하며 뜬눈으로 지새는 나를 요즘은 볼 수가 없다.

손톱자국이 날 정도로 너를 너무나 그리워하던 내가, 이 짧은 시간에 너를 이리도 허무하게 놓아버린다는 것에 그동안 나는 악어의 눈물을 흘린듯한 아주 비열한 인간인 것 같은 느낌이 들었다.

너를 만난 시간에 비하면 그를 만난 시간은 정말 작은 점 같은 그런 시간인 것을….

그 작은 점 같은 시간에 너를 놓아버린 것을 인정하고 싶지 않지만 인정하고 있는 나를 용서할 수가 없다. 다시 너와 나만의 시간으로 돌아가고 싶지만 이젠 그 시간에 내가 돌아갈 수 없다는 것마저 나를 정신 차리게 하고 있다.

이젠 너를 추억으로 생각할 수도 있을 만큼 난 그에게 스며들고 있다. 아프고 슬프고 용서할 수 없겠지만 내가 아는 너는 이런 나를 결코 미워하거나 이해하지 못하는 사람이 아니라라는 걸 알고 있다.

용서하지 말고 미워해.

그래야 내 맘이 조금이라도 편할 것 같아.

마지막까지도 내 생각만 하는 나를 절대 용서하지 말아 줘.

🌸 봄은 따뜻했다

무슨 이유로 나를 좋아해 주는 것인지 모르지만 그는 생각보다 나에게 많은 것을 나누어 주었다. 작은 원룸에 불편하지 않게 조그만 선반을 달아 신발을 올려놓을 수 있게 해주고 베란다로 가는 문에는 손이 끼이지 않게 문고리를 달아 주었다.

내가 좋아하는 계란은 한 번도 빠뜨리지 않고 작은 냉장고에 항상 준비해 두고, 올라오는 계단에서 비가 오거나 눈이 오는 걸 대비해 미끄럼 방지 테이프를 붙여 주었다. 가끔 원룸에 들려서 함께 소주도 한잔하며 내 얘기에 귀 기울여주고 재밌는 말을 해 주었다.

그는 나의 과거나 힘들었던 일에 대해서는 절대 묻지 않았다. 사랑한다고 막무가내로 다가오지 않았으며 주말엔 날 위해서 자주 시간을 비워 놓고 이곳저곳 데리고 다녔다. 네가 했던 것처럼 맛집이나 좋은 풍경을 선물해주는 그가 참 따뜻했다.

난 점점 그에게서 헤어 나오기 힘들어졌다.

정말 내가 너를 잊은 것일까?

솔직히 그가 잘하면 잘할수록 너의 생각은 벗어나지 않는다. 다만 내가 그에게 솔직해지고 싶어 너를 잊어 보려 하는 것이지 진심으로 너를 잊은 적은 없다.

그 역시 분명히 너에 대해서 알고 있을 것이다.

회사 사람 몇몇이 알고 있기에 알고 있을 거라 생각하지만 그는 내게 너에 대하여 한마디도 묻지 않았다.

　그것만으로 나는 그를 편하게 생각하게 되었는지도 모르지만 나를 조금씩 편안하게 밖으로 나오게 만드는 것 같았다.

　영원히 너를 잊지는 못하겠지만 지금 이것이 사랑이라면 나 역시 그에게 편안함을 줄 수 있는 그런 만남이었으면 하는 바람이다.

　그냥 나라는 사람만을 바라봐 주는 그의 얼굴이
　나라는 사람을 배려해주는 그의 마음이
　진심으로 나에게 다가오려 노력하는 그의 행동이
　그의 모든 것이…
　그를 너처럼 허무하게 잃고 싶지 않게 만든다.

🍀 자책

　내 스스로가 너에게 느끼는 건 사랑의 아픔과 미련이라고만 생각했다. 사랑한 사람을 지키지 못한 나의 잘못이라고만 생각하며 나를 괴롭혔고 내 스스로도 알지 못한 너의 세상으로 들어가면 만날 수 있을 것 같다는 생각으로 하지 말아야 할 생각까지 하면서 3년이란 시간을 자책하며 살았다.

　누구에게도 말하고 싶지 않았고 누구에게도 그런 생각만 하며 사는 나를 들키고 싶지 않은 마음에 늘 고개를 떨구고 다녔다.

　마음이 변해서, 다른 사람이 생겨서가 아니라 내 스스로가 조금은 욕심을 내보고 싶은 솔직한 마음에 그를 받아들였다. 지금 하고 있는 것이 너와 함께일 때와 같은 사랑인지는 모르겠지만 그로 인해 내가 나의 자책에서 벗어난 것으로도 나는 잠을 잘 수 있게 되었다.

　하루가 멀다 하고 날씨를 탓하고 계절을 탓하며
　바람만 불어도 가슴 시리게 그립고 그리운 사람
　보고 있으면서도 보고 싶었던 내 사람
　내 인생의 마지막 인연이라고 생각했던 소중한 사람
　지금은 곁에 없지만 항상 내 곁에서
　늘 나를 응원해줄 것 같은 내 사람

내가 따뜻하고 좋은 길로 가길 바라는
세상 단 하나뿐인 내 편이던 내 사람

아직 마음은 아프지만 더 이상의 자책을 하지 않으
려는 나를 이해하길 바래. 그래도 가끔은 지난번처럼
바람이라도 불어 내가 널 느낄 수 있게, 아주 잊지 않게
만 스쳐지나가 주길….

🌑 다툼속에서도

　몇 개월이 지났지만 그래도 온전히 내 것 같지 않은 그 사람….

　내가 마음을 다 주지 않아서 그런지 조금씩 다툼이 생겨. 상사이면서 연인이라는 것이 그에게는 스트레스일지도 모른다는 생각을 미쳐 하지 못했어.

　그래도 나는 그가 다른 사람들에게 나쁜 소리는 듣지 않길 바란 것뿐인데, 그에게 난 그냥 상사로서 하는 말 같게만 들리나 봐. 말하는 사람과 듣는 사람의 입장의 차이겠지만 이해의 폭이 좁아지고 있는 것은 사실인 것 같아.

　그러면 그럴수록 그는 조금씩 거리를 두는 것 같아. 근데 이상한 건 그가 싫은 것도 아니면서 그를 위로하거나 품어주거나 알아주고 싶은 생각이 들지 않는 건 뭘까?

　서운할 거야. 아니면 정말 연인이 맞나 의심까지도 들 거야. 그렇지만 난 그가 나에게 세심하고 배려하듯이 일에 있어서도 완벽하길 바랐는지도 모르겠다.

　그런 내가 그는 답답하다고 생각하겠지. 난 널 위해 그런 거라고 대답하고 그는 어린아이가 아니라고 언성을 높이고, 난 남자답게 넘기라고 충고 아닌 충고로 대답을 하고….

다툼….

피곤하다.

그는 회사를 옮길 생각까지 하는 것 같아.

난 안 잡았어. 그냥 그러고 싶지 않았어.

차라리 눈 앞에 보이지 않으면 더 잘해줄 수 있을 것 같은데….

그는 나에게서까지 떠나려는 티가 나더라.

헤어지는 것이 회사만이 아니라 거기에 나까지 포함이 된 걸까?

결국 이렇게 이별인건가….

그는 조금 망설이면서 아니라고는 하지만 난 알 수 있었어. 그런데 전혀 슬프지가 않은 거야. 그의 말대로 나는 아직도 그를 사랑한다고 한 번도 말한 적이 없었어.

그가 자기를 사랑한 적은 있냐고 묻는데도 난 못 들은 척 다른 곳만 보며 아니란 말도 하지 않았어. 그래서 떠난데도 붙잡는 시늉도 하지 않은 걸까?

아무런 말 없이 차에서 내려 쓸쓸히 뒤돌아가는 그를 난 그냥 바라만 봤어. 집에 오는 길에 캔맥주 하나 사서 들어와 마시는데 예전에 너를 생각하면서 마실 때만큼 맥주가 짜지 않더라. 맥주가 짜지 않다는 것은 그를 진심으로 대하지 않았다는 것이겠지?

이젠 그래.

가고 싶음 가는 거고 남고 싶음 남는 거라고….

내가 먼저 그를 힘들게 한건 아니잖아.

나의 인연은 너에게서가 끝인 걸까?

오늘은 잠이 드는데 시간이 걸리겠다.

이런 내가 못됐거나 아직도 너를 품고 있어 그런 건 아닌지 모르겠지만 굳이 나를 떠나겠다는 사람을 억지로 곁에 두고 싶지 않아.

조금은 홀가분하게 그도 나에게서 떠나길 바래.

난 이제 제법 이별에 익숙해졌거든.

🌸 마지막 날

기어이 사표를 던지고 짐을 정리하는 그는 너무도 덤덤해 보이더라. 난 눈길 한번 주지 않고 책상에 코를 박고 무지 바쁜 척을 하면서 그를 보지 않았어.

'사회는 이런 곳이고 사랑은 다툴 수도 있는 것인데 저리 참기 힘들었을까, 고작 이런 사람이라면 어디서 무엇이든 잘 해낼 수 있을까….'

그를 보며 고지식한 생각만 하면서 그가 사무실을 떠날 때까지, 인사를 할 때까지도 돌아보지 않았어.

그날 이후 그는 아무런 연락도 그 어떤 메시지나 전화도 없었어. 나 역시 그와 같이 아무것도 하지 않았어. 그렇게 이별을 한 거라고 생각했을 때, 밤 늦은 시간에 그에게서 전화가 왔어.

보고 싶다고… 이젠 상사도 아니니까 편하게 볼 수 있을 것 같다고 말하는 그에게 너무 늦은 시간이라고 다음에 통화하자고, 술 마시고는 전화하지 말아달라고 하고 먼저 전화를 끊었어.

그의 어린애 같은 행동에 내가 잠시 흔들린 건 사실이지만 너를 보낼 때보다 내가 더 강해진 것 같아. 예전보다 성숙해지고 있는 나를, 이제는 위로하고 사랑해주고 싶어.

지금은, 이대로….

🌸 결혼 꼭 해야 돼?

부모님들의 성화에 못 이겨 얼마 전 맞선이란 걸 처음 봤어. 나이 먹고 뭐 하는 건지 자연스러운 소개팅도 아니고 호텔 커피숍에서 부자연스러운 미소와 잘 입지도 않는 치마 정장, 정말 꼭 이렇게까지 해서 결혼을 해야 하는 걸까?

맞은편 남자도 내가 별로인 것 같고 나 역시도 별로고 해서 둘은 차만 간단히 마시고,

"그쪽이 제가 별로라고 말씀 좀 해주세요."

하면서 헤어졌지.

그래야 당분간은 두 분도 조용하실 테니.

오랜만에 나온 김에 영화도 보고 그럭저럭 쉬는 날처럼 지나가는가 싶었는데 나도 모르게 우리가 가끔 와서 쉬던 배재공원까지 와버렸어.

내가 너의 무릎을 베고 잠시라도 잠이 들면 손으로 햇볕을 가려주던 자리엔 다른 연인이 앉아 있어. 뭐가 재밌는지 연신 웃고 있는 그들이 오늘따라 너무 부럽다.

너와의 추억이 있는 곳은 되도록 가지 않으려 했는데, 오늘은 그냥 나도 모르게 이곳까지 와서 나무들 사이로 하늘을 보고 있어.

참고 있고, 잘하고 있다고 생각하고 있었는데 그게

아니었나 봐.

그 사람은 정말 많은 걸 해주려고 노력했는데….

난 그냥 그런 척을 하고 다닌 거였어.

사랑도 하는 척만 했던 것 같아.

이제 더 이상 다른 사람에게 아무 감정도 없으면서 희망고문 같은 그런 행동은 하지 않으려고 해.

지금까지 그랬던 것처럼….

🌼 잊을만하면

모든 것을 잊고 나만 생각하며 지내고 싶은데 왜 사람들은 잊을만 하면 한 번씩 나를 찌를까?

정말 내 상처가 다 나았나 궁금해서 그런 걸까?

아님 내 마음을 실험이라도 해보고 싶은 걸까?

나 역시도 문득문득 떠오르는 너의 잔재들로부터 아직 완전히 벗어나지 못하고 있는데 무엇 때문에 나를 시험하려 들까?

정말 오랜만에 그에게서 연락이 왔어.

근데 하는 말이 다 알고 있었다고, 자기가 그 자리에 내 외로움을 채워주고 싶었다고….

그러나 나는 단지 자기와 함께 있을 뿐, 늘 다른 곳을 보고 다른 생각을 하고 있었네.

지금 와서 생각해보니 정말 그랬던 것 같아.

할 말이 없어 미안하다고만 했어.

너에게 그랬듯이 함께일 때 많은 것을 주지 못하고 감추고 내색하지 않으면서 받으려고만 했던 거였어.

그 사람 다시 시작해보고 싶다고 하더라.

이런 날 이해해보겠다고, 자기도 맞춰보겠다고….

"아니, 절대로 그러지 말아. 다시 시작해도 마찬가지일 거야."

그게 그 사람과의 정말 마지막 통화가 되었어.

네가 떠난 날부터 이랬다저랬다, 강했다가 다시 무너지고 울지 않는다면서 몰래 울고….

　　이젠 나도 나를 모르겠어.

　　정말 잘 이겨내고 싶었고 잘 할 수 있다고 생각했는데, 그것 역시 나만의 생각이고 이기심이었던 거였어. 그 사람이 잘못한 게 아니라….

🌼 이별도 준비해야하는 세상

언제 어찌 될지 모르는 세상에 살면서 사랑도 준비하고 있다 받아들이고 이별 역시 철저히 준비해야 아픔에 적응할 수 있다.

준비 없이 이별을 맞는다면 둘 중 하나는 언제가 될지 모르는 치유의 시간을 견뎌야 할 것이고 다른 사랑을 받아들이기에 겁을 먹을지도 모른다는 생각이 든다.

어제까지만 해도 오늘의 이별을 모른다. 사랑하고 애태우던 사람들도 하루 만에 그 사랑을 잃을 수도 버림을 받을 수도 있다는 것이다.

사람들은 그걸 경험했으면서도 다시 아무런 준비 없이 사랑하고 이별하고 아파하고 괴로워하는 것을 보면 정말 완전무장을 해서 만나고 헤어지는 것이 맞는 것 같다.

조금만 아파할 수 있게,

하늘 보며 걷다가 넘어지지 않게….

🍀혼돈

나는 아직도 무엇 때문인지 모르게 아무것도 받아들이지 못하고 있어. 시간이 이 정도 흘렀으면 조금은 상처가 아물 때도 된 것 같은데 아직 그 누구도 받아들이질 못하고 미련하게 혼자 생각을 하고 있어.

너와 같은 사람을 만나려고 하는 것은 아니지만 그래도 너와 비슷하거나 너의 느낌이 나는 사람을 기다리는지도 몰라. 물론 당신과 똑같은 사람은 이 세상 어디에도 없다는 것을 알아. 그렇지만 똑같진 않더라도 너와 함께 일 때 같은 감정이 드는 사람이 있다면 아마 주저하지 않고 내가 먼저 다가갈 수도 있을 것 같아.

내가 너무 큰 것을 바라는 것인가?

난 단지 함께 있는 것만으로도 편하고 따뜻하고 같은 곳을 볼 수 있는 사람이길 바라지만… 힘들겠지?

아직 정신 차리지 못하고 날 향해 다가오는 사람을 의심부터 하는 버릇이 생겨버린 것 같아.

믿지 못하는 것보다 믿지 않으려고 벽을 쌓고 알아가려고 노력하는 것이 아니라 알고 싶지도 않다는 생각을 먼저 하니 상대도 내게 다가오는 것을 부담스러워하는 것 같아. 얼마나 더 시간이 흘러야 정말 편하게 받아들이고 진심으로 그 사랑을 의심 없이 함께 나눌 수 있을까?

이러다 영영 아무도 사랑할 수 없는 정말 냉혈한 인간이 되는 건 아닐까? 사랑이 고픈 것이 아니라 사랑할 수 있는 마음을 되찾고 싶어.

돌아오지 않을 너를 기다리는 것이 아니야.

그냥 억지로 사랑을 만들어 가고 싶지 않을 뿐.

내가 이런 식으로 뭐든 고민하고 답답해하며 결정하지 못할 때 넌 늘 웃으면서 내게 조급해하지 말라고 다 잘 될 거라고 위로하고 응원해주었어.

그런 네가 오늘은 그리운 게 아니라 밉다.

🌸 그만하고 싶어

이제 네 생각, 너에 대한 모든 것 그만하고 싶어.

내가 울어도 오지 않을 거고 보고파해도 볼 수 없는 그런 너를 이젠 정말 지우고 싶어. 혼자 그리워하고 아파하고 다른 사람을 받아주지도 못하고 받아들이지도 못하는 나, 힘이 들어.

멀리 있는 것이라고 생각하면 조금은 위로가 될 줄 알았어. 아니, 그게 나를 더 힘들게 하고 있었던 것 같아. 가끔은 네가 나를 보러 올 것 같고 주차장 한 곳에 차를 세워두고 나를 기다리고 있을 거 같아. 그래서 자꾸 주위를 둘러보게 되고 우리가 함께 갔던 곳을 혼자 가게 돼.

생각하지 말자고 하면 그런 날은 더욱더 생각이 나. 답답한 마음에 술이라도 한잔 마시고 잠들려 할때면 하염없이 눈물이 나서 견딜 수가 없어.

정말 할 수만 있다면 이젠 그만하고 싶어. 내가 못하면 당신이 내 가슴속에서 나가줘. 더 이상 내가 당신을 떠올리지 않을 자신이 없어. 그동안 내 사랑을 충분히 받을 만큼 받았으니 이젠 나를 위해 당신이 나의 모든 것에서 아무것도 남기지 말고 내 기억까지 모두 다 가지고 떠나줘.

내 마음에 머물러 있어 미안하다고… 잘 버텨줘서

고맙다고….
이젠 내게서 멀리 떠나 행복하게 지내길 바랄게.
그렇게 이별을 받아들일 수 있게….

🌸 감기

요 며칠 조금씩 몸살기가 있더니 기어이 감기가 단단히 들었나 봐. 그럴 만도 한 게 정말 이를 악물고 일만 했거든.

뭐라도 잡고 있지 않으면 다시 예전으로 돌아갈까 봐 겁이 나서 다른 부서 일까지 했더니 기어코 감기몸살이 오네. 그래도 이렇게라도 며칠 좀 앓고 나면 낳아질 것 같은 기분이 들어.

아프니까 더 외롭고 서글픈 것도 있지만 지금 이렇게 땀 내고 끙끙 며칠 아프고 나면 다 지나가고 몸도 맘도 말짱해질지 모르잖아.

이까짓 감기보다 훨씬 더 많이 아픈 것도 겪었는데 감기 이게 뭐라고. 병원 갈 힘도 없으면서 그냥 이렇게 며칠 앓고 싶다는 생각이 들어. 이런 사소한 것부터 별것 아닌 것처럼 이겨내고 싶어.

어쩌면 내일은 다 낳아서 또 이를 악물고 일을 하고 있을지 모르지. 이쯤은 별것 아닌 것처럼 일도, 사랑도 다시 시작할 수 있을지도 모르고….

감기를 이겨내듯 아무것도 아닌 것처럼 앞으로 다가올 모든 것에 겁내지 않고 이겨볼게.

지켜봐 줄 거지?

🌸 너에게 가는 길 1

좀처럼 용기 내지 못했던 너에게 가고 있어.

얼마 만에 너를 보러 가는지 너무 떨리고 벌써부터 눈물이 나려고 해. 절대 널 만나면 울지 않으려고 단단히 마음 먹었는데 무슨 말을 어디서부터 해야 할지 모르겠어.

너무 많은 이야기가 있는데 막상 너를 본다면 나는 아무런 말도 못 하고 울고만 오는 건 아닌지….

벌써 다 와가는데 용인 입구에서부터 마치 네가 진짜 기다리고 있는 것 같은 이 설렘과 너와의 지난 모든 시간들이 영화필름처럼 다시 한번 떠오르며 너의 앞에 서 있어.

역시 말보다 눈물이 먼저 나네.

너무 오랫동안 오지 않아 섭섭했지?

미안해….

일부러 오지 않은 것은 아니지만 나 역시 하루도 널 잊은 적은 없었어. 넌 여전히 그 온화한 미소로 나를 보고 있구나. 너무 보고 싶었어. 너무 그립고 그리웠어.

할 말이 많았는데 역시나 눈물이 먼저 말을 가로막고 있네. 그래도 넌 내 마음을 알잖아. 말하지 않아도 항상 먼저 알아주던 너였기에 오늘도 역시 내가 아무 말 하지 않아도 넌 내가 어떤 시간들을 보내는지 어떻게 지냈는지 다 알고 있지?

너 역시도 내가 보고 싶었겠지?

당연히 그리워하고 있었겠지?

그 누구에게도 장난삼아라도 거짓이라도 하지 못했던 이 말을 하고 싶었어.

'너무 사랑해…'

네가 이곳에 있든 없든 난 아직 너만 사랑하고 있다는 것이 힘이 되어 이렇게 나를 지금껏 버틸 수 있게 하고 있었던 것 같아. 함께 할 순 없지만 이렇게라도 너를 볼 수 있어서 한동안은 덜 힘들 것 같아.

안고 싶어….

늘 그랬듯 너의 얼굴을 만지고 어깨에 기대어 잠이 들고도 싶어. 같이 하고 싶은 건 너무 많은데 이별이 이렇게 빨리 올 줄 몰랐어. 다시 또 언제 오겠다는 약속은 하지 않을래.

너 역시 나처럼 하염없이 기다리게 하고 싶진 않아. 앞으론 정말 다시 오게 되면 그땐 소풍 온 것처럼 그늘진 얼굴로는 오지 않을게. 항상 이곳에서 날 기다려주는 널 만나러 오는 날은 제일 예쁜 옷을 입고 웃으면서 다시 올게.

절대 울지 않고 네 곁에 머물다 갈게.

그날도 오늘처럼 날이 맑았으면 좋겠다.

또 올게, 잘 있어… 내 사람.

내 사랑….

🌸좋은 사람

너에게 다녀온 이후로도 난 줄곧 바빴다.

그 속에서 또 다른 일들을 만나고 사람들도 만나고 계절이 바뀌는지도 모르게 바쁘게 사는 게 좋아졌어.

매장 점주들이 우스개로 주말도 없이 일하는 거 보면 분명 애인도 없을 것 같다고 다들 누군가를 소개해 주려고들 하고, 곧 다가올 크리스마스에는 혼자 보내지 말라고 독신주의가 아니면 원하면 언제든 좋은 사람을 소개해주시겠다고들 난리네.

이젠 제법 안정이 되었는지 아님 외로움도 익숙해졌는지 거절도 하지 않고 좋은 사람 있으면 언제든 소개해달라는 말도 서슴지 않고 하고 꽤 여유를 찾은 것 같아.

크리스마스, 그게 무슨 날이었던가 싶을 정도로 그런 것들에 무관심하게 지내다 보니 별 기대도 없어지더라고. 오히려 그런 날에 혼자 돌아다니거나 혼자 술을 마시는 건 하지 않았어. 괜히 더 초라해 보일까 봐.

근데 이젠 좀 그런 날들을 느끼고 그 속에 함께 나도 끼워 보내고 싶다는 생각이 들어. 우리도 저렇게 붙어 다니고 다투고 화해하고 다시 사랑하고 돌아서면 보고 싶고, 그랬는데….

좋은 사람이라… 어떤 사람이 좋은 사람일까?

착한 거? 돈 많은 거? 잘생긴 거? 성격이 좋은 거? 어떤 사람을 두고 좋은 사람이라고들 하는 걸까?

정말 좋은 사람을 만나려면 나 역시도 좋은 사람이여야겠지?

다른 건 다 자신 있는데 좋은 사람 만나는 게 제일 자신이 없어. 아마도 그게 내겐 제일 어려운 일이 아닌가 싶어.

너라면 모를까….

🌸 김 차장님

축하합니다.

어리버리 김대리가 차장이 됐어.

나 잘한 거 맞지? 승진했다고….

월급도 조금 오르고, 그 어리바리했던 김대리가 차장님이 됐어. 네가 곁에 있었다면 누구보다 제일 기뻐해 주었을 텐데.

축하주 몇 잔에 정신이 흐려진다.

그래도 기분 좋은 날이야.

네가 있었다면 더 좋았겠지만….

부모님께는 알리지 않았어. 승진했다고 하면 좋으면서 또 결혼 얘기로 흘러갈 게 뻔하니까.

좋은 날에, 기쁜 날에, 정말 정말 힘들고 눈물 나는 날에 그런 날들에 제일 먼저 생각나는 나는 아직도 어리바리 김대리인가 봐.

한 해가 또 다 갔네.

너는 언제까지고 20대겠지만 난 벌써 32가 됐어.

시간 빠르지?

이러다 정말 노처녀 김 차장이 되겠어.

내가 생각해보니까 진짜 연애다운 연애는 너와 함께했던 것이 나에겐 진짜 사랑이여서 더 너를 놓지 못하나 봐.

내가 다시 사랑할 수 있다면 이번엔 너와 했던 연애보다 훨씬 진한 연애를 해야 너를 정말로 보낼 수 있을 것 같아.

아, 정말 놓을 수도 없고 잡고 있을 수도 없고 정말 너무 괴롭다. 마음과 정신이 서로 싸웠는지 화합이 안 되네.

오늘은 놓았다고 생각하다가도 내일은 다시 널 붙잡고 있으려 하니 이런 날 누가 사랑해주겠어.

결국은 너인 거야. 볼 수도 만질 수도 아무것도 아무 데도 없는 바로 너였던 거야.

가장 기쁜 날에 가장 슬픈 너를 생각하며 잠이 든다.

🌿 우연한 만남

정말 우연처럼 나는 김은옥 씨를 다시 보게 되었다.

내가 볼 땐 그는 여전히 한 곳에 마음을 두지 못하고 이리저리 직장을 옮긴 것 같았다.

내가 매장에 들렀을 때 그의 옆엔 혼자가 아닌 다른 여자가 그의 곁에서 팔짱을 끼고 이것저것 화장품을 고르고 있었다.

그도 나를 봤는지 선뜻 아는 척은 하지 않았다.

나 역시도 그가 가벼운 눈인사도 하지 않길래 그냥 내일에 집중하다 점주와 몇 마디 나누고 급히 나와버렸다.

그를 진심으로 사랑하지 않았던 나를 나는 오늘에서야 확실히 알게 되었다. 질투 같은 감정도 없었고 뒤도 돌아보지 않았다. 그의 옆에 누군가 내가 아닌 다른 사람이 있다는 것조차 별 감흥이 없는 걸 보니 좋아하는 척만 하며 그와 보냈던 시간의 조각들이 맞춰지고 있었다.

지금이라도 그가 진심으로 사람을 만난 것이라면 나 역시 마음이 가벼울 것 같았다. 오히려 그를 나처럼 외롭게 만들지 않을 사람이 곁에 있는 모습이 보기 좋았다. 내가 갖지 못한다고 남도 가질 수 없게 만드는 것은 내가 생각하는 사랑이 아니다.

누구든 어디든 갈 수 있고 내가 아닐 수도 있고 다른 이를 사랑할 수도 있다고 생각한다.

김은옥씨의 얼굴은 여전히 밝고 즐거워 보였다.

참 다행이야, 내 곁에서 어두운 얼굴로 있는 것보다 그녀 곁에서 밝게 웃는 너를 볼 수 있어서 정말 다행이야.

🌿 두려운건 사람이고 하고싶은 것은 사랑이다

사람이 두렵다.

사랑한다고 말하고 거짓말하며 뒤에선 다른 사랑을 하는 사람들을 가끔 보면 나는 귀신보다 사람이 더 무섭다고 말한다.

회사에서도 부하직원들의 고민을 가끔 듣다 보면 정말 유치한 것으로 헤어지고 의심을 하고 질투를 유발하는 아무런 소득 없는 것들에 시간을 버리고 있다는 생각이 들 정도로 나에겐 그들의 고민이 귀엽다.

그들 중 한 사람이라도 어느 날 날벼락처럼 가장 소중한, 가장 사랑한 사람을 잃어봤다면 그래도 이리들 별것 아닌 것에 촉을 세우고 이별을 쉽게 결정할 수 있을까?

비록 좋은 경험은 아니지만 소중한 걸 인지하지 못하고 잃고 난 다음 슬퍼하고 후회하는 일이 없도록 곁에 있는 사랑을 소중히 생각했으면 좋겠다는 말을 해주고 싶었다.

그런 일이 막상 본인에게 닥친다면 다시 사랑할 수 있는 힘은 없어지고 두려운 건 사람이 되고 하고 싶은 것은 사랑이 될 것이라는….

나는 속으로 생각하며 나에게도 같은 말을 하고 있다.

🌸 세상에 같은 사람은 없어

아무래도 내 가슴에 돌이 박혀있는 것 같아.

그 어느 유명한 병원에서도 찾아낼 수 없는 뽑아낼 수 없는 그런 돌이 하루는 머릿속에 하루는 심장에 하루는 가슴 언저리에 박혀 마구 내 머리와 가슴을 헤집고 다녀.

처음… 처음이란 것들이 그런 거 같아.

처음이란 것이 이렇게 중요하고 사람을 힘들게 하는지 몰랐어. 전에 말했듯이 진심으로 내 마음을 주고 처음으로 사랑한 이여서 이리도 오래 깊이 박혀 누구를 받아들이기도 쉽지 않은 것일 거야.

그렇게 생각하니 작은 것에도 감동을 받고 별것도 아닌 것에 감사함을 느끼고, 내가 원래 이 정도로 착하진 않았는데 너에게서 이 모든 것을 배우고 네가 이런 사람으로 만들어놓고 가버린 것 같아.

일부러 그런 건 아니지만 너를 잃고 난 다음부터 얼마 지나지 않아서 부터 인 것 같아.

가진 것에 자만하지 않고 없는 것에 손가락질하지 않고 우는 아이를 진심으로 달래주듯 내게 상처가 되는 말들에도 얼굴 붉혀가며 따지지도 벽을 두고 지내지도 않고 그냥 모든 것들에 이유가 있겠거니 이해하게 돼.

너였어도 분명 나에게 이렇게 하라 했을 것임을 알

기에 너를 잃고 난 다음 그 긴 시간을 지나 이제 와서야 정신이 든 것처럼, 결코 너와 같은 사람은 없다는 걸….

내 가슴에 박힌 돌을 빼내 줄 사람 역시 만나기 쉽지 않다는 것, 이제는 인정하고 받아들이고 있는 것 같아.

세상에 너와 같은 사람은 그 어디에도 없으니 이제 그만 포기하고 다른 사랑을 받아들여야 나에게 박힌 돌은 소리 없이 조용히 나도 모르는 사이 빠진다는 걸 이제 인정할게.

누군가 빼주길 기다리지 않고 자연스럽게 빠질 수 있게 언제 빠져나갔는지 모르게 아픔조차 느끼지 않게 빠져나가는 그런 날이 올 수 있게….

🌸 만남1

부장님의 소개로 매장 점주 중에 총각 한 분을 소개 받았어. 네 생각 안 하고 너랑 비교 안 하고 그 사람의 본성을 보며 성심껏 만나보기로 했어.

남자는 38살에 우리 회사 대리점 점주분이시고 내 담당은 아니니 정식으로 앉아 인사를 나눈 건 처음이었어.

화장품을 만지는 직업이라 그런지 그는 깔끔하고 매너가 좋은 것 같았어. 난 정말 성심껏 잘하려고 했어. 그런데 이 남자 너무 잘난 척을 하더라구. 오늘의 만남도 꽝인가 생각하고 있을 때 우연히 고등학교 동창을 만난 거야. 얼마나 반가운지 빠져나올 핑계가 생긴 것에 녀석이 얼마나 이뻐 보이던지….

대충 마무리하고 녀석과 앉아 오래전 추억을 얘기하고 있는데 소개 받은 그 점주가 얼마 지나지 않아 다시 들어오는 거야.

눈이 똥그래져서 그를 바라보는데,

"오늘은 오랜만에 친구분을 만나 할 얘기가 많으신 것 같으니 주말에 다시 이곳에서 만나죠."

그러는 거야.

얼떨결에 당황해서 난

"네."

하며 어정쩡하게 대답했는데 남자는,

"꼭 연락 주세요."

하면서 나가는 거야.

근데 생각보다 순진한 건지 아님 내가 사람을 잘못 본 건지 그는 환하게 웃으며 정말 기분이 좋은 듯 나가 더라고.

친구와 난 그냥 사는 얘기를 좀 더 하고 명함을 주고 받고 들어왔어. 이상한 건 그 남자가 조금 생각이 나더 라고.

다시 들어와 다른 사람과 함께 있는 나에게 애프터 신청을 한다는 것이 쉽진 않았을 텐데, 내가 사람을 너 무 빨리 판단했나 싶기도 했나 봐.

좀 더 생각하고 한 번쯤 더 만나보는 것도 나쁘진 않 을 것 같아.

은근 주말이 기다려지는데?

정말 어떤 사람인지….

🍀 만남2

토요일엔 그냥 넘어가고 일요일에 다시 그를 만났어. 며칠 전 보던 모습과는 다르게 좀 더 캐주얼한 복장에 웃는 게 그리 밉상은 아니었어.

그날은 잘난 척을 하는 것 같았는데 오늘은 좀 친근감 있게 말을 하더라고. 금요일부터 내 전화를 기다렸는데 연락이 오지 않을까 봐 조금 불안했대. 그런데 기분이 생각보다 나쁘진 않았어.

그는 영화표를 미리 예매해 놓았다고 영화를 보고 식사를 하자고 하더군. 나 역시 좋다고 하고 함께 나오는데 좋은 차에 나를 태우더라고.

담배는 피우지 않는지 차 안에서도 좋은 향이 나고 그에게서도 좋은 향이 나는 게 조금씩 기분이 낳아지고 괜찮은 사람 같다는 생각까지 들었어. 화장품 쪽 일을 해서 그런지 나도 향기에는 좀 민감한 편인데 그에겐 은은한 불가리 같은 향이 강하지 않게 나고 있어서 나쁘지만은 않았던 것 같아.

히말라야라는 영화인데 가슴도 아프고 여운이 깊게 남는 영화였어. 그는 영화가 끝나자 당연히 근사한 곳에서 식사를 할 줄 알았는데,

"곱창 좋아해요?"

이러는 거야.

"네, 뭐든 잘 먹는 편이에요."

극장 근처에 있는 곱창집에서 우리는 첫 식사를 소주와 곱창으로 시작했어. 사람들이 북적거리는데 그는 별로 신경 쓰지 않고 알아서 주문하고 알아서 굽고 다 하는거야. 첫인상과는 다르게 조금 당황했지만 오히려 고급 식당으로 갔었다면 난 더 이상 연락은 하지 않았을 것 같아.

그런데 이 남자 생각보다 털털한 면이 있더라고.

한 잔, 두 잔 … 그렇게 그와의 만남이 시작되었어.

조금씩 천천히, 급하지 않게 그를 알고 싶다는 그런 마음이 드는 만남이….

연인이 될수 있을까?

그는 하루에 한 번은 안부를 물으며 자기의 존재감을 알리기 시작했어. 너무 많이 전화해도 부담일 것 같았는데 마치 내 성격을 눈치라도 챈 듯 나를 편안하게 이끌어주고 있는듯한 느낌이 들 정도로….

부담 주지 않는 선에서 그 선을 넘지도 않고 처음처럼 잘난 듯 보이던 눈빛도 지금 다시 보니 은근히 선하게 생긴 것 같더라고.

나의 선입견이었나 봐.

그의 연락이 귀찮거나 싫지 않은 걸 보니 나 역시도 이번에는 조금 진지한 만남을 하려고 하고 있는 것 같아. 전에 신입과는 무언가 다른 든든함이랄까? 편안함이랄까?

아무튼 전같이 각을 세우고 그를 대하지 않고 있다는 것이 나 역시도 그에게 관심을 가진 것 같아. 가끔은 연락이 기다려지고 또 가끔은 어이없게도 보고 싶다는 생각도 들 때가 있어.

이렇게 이런 식으로 연인이 되는 걸까?

너와 함께할 때처럼 편안하고 가슴 뛰는 사랑이란 걸 시작할 수 있을까?

내가 먼저 연락하는 일은 거의 없지만 그의 연락이 오면 목소리는 분명 반가운 티가 날 정도로 입가엔 미소를 짖고 있더라고.

그에게서 널 찾고 있는 건 아니겠지?

이제는 그러지 않았으면 좋겠는데 절대로 너와 같은 사람은 없으니 너 말고 그 사람을 있는 그대로 받아들이고 만나보고 싶어졌어.

'넌 이렇게, 저렇게 해줬는데…'

라는 생각이나 비교도 절대로 하지 않을 거야. 설사 짧게 만나다 헤어진다 해도 너와의 이별처럼 힘들진 않을 테니까.

물러서지도 밀당도 아무것도 하지 않을 거야. 그냥 보고 싶음 보고 싶다고 말하고 할 수 있는 건 다해보려고.

표현이라든가, 사랑하게 되면 사랑한다고 아끼지 않고 말해주고 싶어. 너를 보내고 아주 오랜만에 처음 느끼는 감정 같아. 거짓이 아니라 진심으로 보고 있으니 그의 진심도 느낄 수 있을 것 같고….

사기꾼이나 유부남만 아니라면 다시 한번 너와 함께일 때 하지 못한, 아니 못해준 것들을 아끼지 않고 정말 사랑하고 싶어.

정말 연인이 된다면….

🌸 제법 잘 맞는다

몇 번 만나진 않았지만 우린 제법 잘 맞는 것 같아.

아니면 그가 나에게 잘 맞춰주고 있는지도 모르겠지만 어찌 되었건 한 달 정도 지났는데 그는 마치 나를 잘 알고 있던 사람처럼 의심이 들 정도로 나의 취향을 정확히 알고 있어.

처음엔 그냥 잘 맞는구나라고 생각하며 가볍게 넘겼는데 가끔은 소름이 끼칠 정도로 너와 내가 가끔 들렸던 카페라든가 산책길이라든가 돈가스 먹으러 가던 곳까지….

뭔가 이상해도 많이 이상한 것 같아. 편안함과 자상함에 잠시 아무 생각 못 하고 그에게 마음이 간 건 사실이지만 이건 정말 누가 가르쳐주지 않으면 절대 일어날수 없는 그런 일들이 일어나고 있는 거야.

우연이라도 한두 번이지.

뭔가 정말 섬뜩할 정도야. 내가 이상하다고 예민하다고는 하지 말아 줘. 이건 누가 봐도 분명 나를 알고 있었던 사람이거나 누군가에게 나에 대한 정보를 들은 것 같아.

진짜 그렇다면 난 어떡해야 하지?

이별을 고하고 다시 혼자가 되어야 하나?

아니면 따지고 물어 내게 접근한 의도를 물어 만약

누군가 시켜서 그랬다면 난 어떤 표정으로 그를 대해야 하는 걸까?

갑자기 머릿속이 깜깜해.

무서워….

이제 막 좋은 감정이 생기려는데 지금의 이 상황은 도저히 그냥 넘어갈 수가 없어. 나는 왜 하루도 그냥 넘어가는 그런 평범한 일상이라는 것이 없을까?

제발 우연이라고 그가 말해줬으면 좋겠다.

🌸 선택

며칠 뒤 나는 그를 만나 진지하게 물었다.

조금 이상하다고, 어떻게 내가 좋아하고 자주 가던 곳을 마치 알고 있기라도 하듯이 그런 곳만 갈 수 있냐고, 우연도 한두 번이지 이건 정말 이해가 가지 않는다고….

그는 처음엔 그냥 우연이라고 자기도 그런 분위기 그런 곳을 좋아할 뿐이라고만 했다.

난 인정할 수 없었다.

난 단호했고 간신히 마음을 열어 당신에게 다가가고 있었는데 솔직히 말하지 않으면 더 이상의 우리의 만남은 여기까지인 것 같다고 말했다.

나의 단호함에 그는 어렵게 말을 꺼냈다.

사실은 이 사람 너의 직장 선배라고 했다. 아니 몇 해 전 당신과 함께 일한 직장 선배였는데 데이트가 있다고 하면 자기가 어디가 괜찮고 맛있고 분위기 좋다고 조언을 해주었던 곳이었고 우연히 그 사람의 폰에서 나와 그가 찍은 사진을 봤는데 자기도 이상하리만치 내가 잊히지 않았고 정말 우연찮게 우리 회사 대리점을 하게 되었다고 했다.

물론 내가 담당이 아니었으니 만날 일도 없었고 우연히 부장님이 소개해 주겠다고 해서 나온 사람이 바로 나였다는 것에 무척이나 놀라고 당황스러웠다고 했다.

그는 아직 내가 그 사람으로 인해 아무것도 하지 못하고 있다는 것을 부장님께 듣고 설마 하는 마음으로 나간 자리에 내가 나올 줄은 전혀 생각하지 못했다고 했다.

말하려고 했지만 나를 보자마자 예전 그 사람의 폰에서 본 그대로의 내 모습에 놀랐고 자기가 지키고 보듬어주고 싶다는 생각이 들어 말을 할 수가 없었다고.

마치 그 사람이 자기를 나에게 이끈 것 같다는 생각까지 들었다고 했다. 난 아무 말도 아무 생각도 할 수가 없었다.

그냥 울었다. 소리 없이 조금은 잊었다고 생각한 그 사람이 다시 떠올라 하염없이 눈물만 흘리고 앉아있었다.

그는 그런 나의 옆으로 와 나를 안아주었다. 진심으로 최선을 다해 사랑하겠다고, 우린 아무 일도 없었던 사람들처럼 우연처럼 인연이 되어 만난 것이라고….

그의 그 말이 나에겐 위로인 듯 위로가 아닌 듯 더욱 슬프게 했다. 간신히 그를 바라봤을 땐 그 역시 눈물이 흐르고 있었다.

그래, 사랑하자.

네가 보낸 사람이든 아니든 지금 나의 아픔에 함께 눈물을 흘려주는 이 사람을 사랑하자.

나의 선택은 이별이 아니라 사랑이었다.

🌸 다시 처음부터

그날 이후로 우린 너에 대해선 한마디도 꺼내지 않았다. 굳이 말하지 않아도 서로 느끼고 있는 것 같았다.

지난 상처를 다시 들추어 다시 피가 나게 할 필요는 없었고 그는 시간이 갈수록 나에 대한 사랑이 깊어지고 있음을 나는 느낄 수 있었다. 나 역시 눈물로 밤을 보내는 날은 없어졌다.

급속도로 서로의 사랑을 확인하고 함께 있고 싶은 날도 많아져 누가 먼저라고 할 것 없이 달려가 안기고 사랑했다. 따뜻한 봄이 없어도 이젠 겨울에서 벗어난 것이다.

4계절을 전부 다 누릴 것이고 어느 한 곳에 머물지 않을 것이다. 긴 시간 그를 생각하던 마음도 내려놓아질 수 있을 것 같다. 지금 이런 순간이 내게 와준 것만으로 그 두 남자에게 감사한다.

헤어짐도 두렵지 않으며 사랑할 수 있는 순간까지 사랑하며 살고 싶다. 사람을 두려워하지도 않을 것이고 사랑을 받아들일 것이다. 지금 내 사랑에 거짓이 없다는 걸 그가 알아주기만을 바랄 뿐이다.

행복하다는 것, 얼마 만인가….

이렇게 깊이 나를 아껴주고 믿어주는 이 사람 두 번 다시 놓고 싶지도 놓아주지도 않을 것이다.

그런 그를 아낄 것이고 후회하는 일 없도록 뒤에서 더 이상 혼자 울고 있는 나로 돌아가지 않을 것이다.

이 사랑 다신 잃지 않게 이젠 내가 지킬 것이다.

다시 처음으로 돌아가지 않게….

🌸 너에게 가는 길 2

너에게 가는 오늘은 혼자가 아닌 둘이야. 전처럼 울면서 가지도 않고 있어. 이젠 나도 혼자가 아닌 너만큼 나를 사랑하고 아껴주는 사람과 함께 너에게로 가고 있어.

네가 본다면 아마 놀라겠지만 너 역시도 기뻐할 거라 믿어. 나 역시도 나쁜 생각 같지 않기에 흔쾌히 같이 왔어. 네가 보내준 이 사람이 날 잘 지켜주고 있어. 아무리 먼 곳에 있다고 해도 우린 서로 널 완전히 잊지는 않기로 했어.

너 역시도 그곳에서 행복하길 바래. 너의 마지막 얼굴은 피투성이였는데 이곳에 있는 너는 아직 젊고 멋진 너무도 사랑스러운 미소를 보이며 웃고 있다.

너를 보니 예전에는 느끼지 못했던 너의 눈동자가 슬퍼 보인다는 걸 오늘에야 알았어. 난 늘 네가 웃고만 있는 줄 알았는데 바보같이 내 생각만 하고 있었던 거야. 나만 아픈 거라고….

하지만 이젠 더 이상 그렇게 아프게 나를 보지 않아도 돼. 우리 이제 그만 아파하고 행복하자.

나에 대한 아픈 마음 미안한 마음 다 내려놓고 편안하게 지내.

🌸 변함 없는 그는

그와 만난 지 벌써 1년이 다 되어가네.

몇 년 동안 하지 못하고 용기 내지 못 했던 것들을 함께 해주면서도 화 한번, 짜증 한번 내지 않는 그는 변함이 없어.

난 가끔 회사일로도 별일 아닌 것에도 짜증을 내고 투덜대기도 하면서 내가 원했던 연인들의 예쁜 다툼도 하면서 지내고 있어. 가끔은 그 역시 결혼 애기를 꺼내는데 난 아직 결혼까지는 자신이 없어.

그만큼 사랑하지 않는 것도, 그 사람을 못 믿는 것도 아니지만 솔직히 내가 결혼을 한다면 그건 당연히 너였을 거라는 생각에 그에겐 아무 말도 하지 못하고 어떤 약속도 할 수가 없어.

정말 그를 사랑하지만 내가 어떤 선택을 해야 하는 게 옳은 것인지, 그 사람 역시 답답하겠지만 결코 서두르지 않고 나의 결정을 존중해준다는 것, 그것이 가끔은 나를 답답하게 할 때도 있어. 그는 기다려줬는데 내가 그가 기대한 말을 하지 않는다면 그는 과연 내 곁에 지금처럼 있어줄까?

그가 떠난다면 잡을 순 없겠지만 난 계속 이별만 하며 늙을 것 같아. 왜 사랑은 겁을 내면서 이별은 겁내지 않는 걸까?

너와의 이별이 나에겐 가장 아픈 이별이었기에 그 어떤 이별이든지 얼마든지 이겨낼 수 있는 가슴속엔 너를 숨겨두고 난 가짜 사랑을 하고 있는 건 아닌지 모르겠어.

　이럴 거면 차라리 사랑을 시작도 하지 않은 게 그에게도, 앞으로의 누구에게든 상처를 주는 일은 만들지 않는 것이 맞는 것 같아.

🌸 상처

이제 알 것 같아. 내가 상처를 받아보니 상처를 주는 것이 얼마나 상대를 아프게 하는지를….

더 이상 그에게 상처가 되지 않게 하염없이 나를 기다리게 할 수는 없을 것 같아. 내가 나쁘다는 거 알아. 정말 아무 죄도 없는 그에게 나는 더 이상 내 생각만 하면서 이기적으로 나만 기다리게 할 수는 없잖아.

너무 늦진 않았는지 걱정보다 미안함이 앞서지만 나의 결정이 맞는다는 생각이 들어. 내가 먼저 그의 손을 놔야 할 것 같아.

그는 절대로 내 손을 놓지 않겠지만 결혼을 생각하는 사람에게 나는 결혼까지는 생각해본 적이 없었으니까.

장난으로 그를 만난 건 아니지만 막상 결혼 얘기가 나오니 겁부터 나고 정말 자신이 없어.

힘들고 아주 많이 아프겠지.

조금 오래 힘들 수도 있을 거야. 그래도 그를 위해서 놓아주는 게 맞는 것 같아. 그리고 나 역시도 더 이상 누구에게도 상처 주지 않게 다른 이를 사랑하는 일은 없어야 할 것 같아. 내 사랑은 너에게 멈춰버린 거였어.

아무리 벗어나려고 해도 결국 또 이렇게 되어버렸어. 처음의 자리로 돌아오고 말았어.

113

이기적이고 못된 거 알지만 그래서 더 이상은 아무도 사랑 같은 건 하지 않으려 해.

🍀 나도 모르는 나

마주 앉아있는 그는 아무 말도 하지 않고 있어. 그래도 용기를 내어 할 말 없는 나는 미안하다는 말 밖에 하지 못하고 있고….

그는 절대 나를 놓아줄 수 없다면서 언제까지고 기다리겠다고 말하지만 아무리 기다려도 안되는 걸… 그를 계속 기다리게만 할 수는 없는 일이잖아.

겁이 나서 피하는 게 아니라 나도 나를 모르기에 아직 준비도 안되있는 사람에게 어느 날 갑자기 예고도 없이 상처를 줄 순 없잖아.

지금은 받아들이기 쉽지 않겠지만 언젠가는 그도 날 이해해주고 날 놓아버린 것을 후회하지 않는 날이 올거야. 그런 중대한 결정에 그를 잡지 못하고 승낙을 할 수 없는 나를 계속 사랑하게 하고 싶지 않아.

사랑하지만 결혼은 자신이 없어요. 정말 미안해요. 사랑하면서 결혼은 하지 않겠다는 날 이해하기 힘들겠지만 그래도 이해해주길 바래요. 진심으로 미안해요. 꼭 행복하길 바랄게요.

내가 먼저 떠난 걸 당신도 언젠가는 고마워할지도 모를거예요. 살면서 힘들어지고 주저앉고 싶고 모든 걸 포기하고 싶을 때 혹시 그때도 우리가 서로 혼자라면 그땐 소주 한 잔 편하게 마실 수 있는 그런 사이로

남고 싶은데 그건 내 욕심이겠지요?

그런 욕심 같은 것도 부리지 않을게요.

나로 인한 상처가 아물지도 않은 사람에게 다시 상처를 줄 순 없으니까 지금 여기서 우리 웃으며 보내주기로 해요.

겁쟁이여서 미안하고 함께 해준 시간 정말 감사해요.

🌸 다시 일상으로

나의 일상은 변함이 없다. 그렇다고 너에게 이런 나를 보여주고 싶지도 않아. 나는 다시 일어날 것이고 다시 살아갈 거야.

사랑이 없다고 해서 아주 슬프고 외롭진 않아. 오히려 지금 이 시간이 나에겐 이젠 휴식 같아. 나의 일들이, 나의 바쁜 일상이 이렇게 감사하게 느껴질 때도 있네. 이젠 더 이상 너에게 가지 않을 거야.

그냥 이렇게 여기서 멈춰있을 뿐, 너를 기다리지도 그리워하지도 않을 거야. 나는 그냥 나로 살기로 했어. 상처를 주지도 받지도 않는 그런 나로 살기로 했어.

이제야 내가 정말 편안해진 것 같아. 아직은 가끔 그에게 연락이 오지만 난 아무런 답장은 하지 않아. 일방적이고 이기적이란 것도 알아.

하지만 상관없어. 시간을 보내고 보니 그리움도 외로움도 작아지더라. 억지로 기억하려 하지도 않고 아픔을 되새기고 싶지도 않아.

나는 사랑할 자격이 없는 사람이었어.

🌷 거짓말

사람들이 날 보면 너무 부럽대.

왜 그렇게 생각하냐고 물으니까 솔로이면서도 외로워 보이지도 않고 어느 정도 직장에서의 직급과 홀로 다니는 여행이 항상 당당해 보이고 여유로워 보인데.

어느 한 곳에 메어있지 않고 아둥바둥거리지도 않고, 모든 것이 너무 자유롭게 즐기며 사는 것 같아 보기 좋고 부럽데.

바보들.

나 정말 힘든데….

그걸 잊기 위해 백조 같은 행동을 하고 있는데 정말 아무것도 모르면서 사람들은 겉모습에 모든 것을 판단하려고 하고 있어.

외로워 보이기 싫어 많이 웃는 것이고, 바빠야 쓸데없는 생각 안 할 것이고, 혼자 가는 여행이어야 눈이 퉁퉁 붓도록 울어도 아무도 모를 것이고, 다시 일상으로 돌아올 수 있다는 걸 모르면서….

그렇게들 하는 말들이 싫은 건 아니지만 나 너무 잘하고 있는 것 같아.

거짓말 같은 나의 백조 생활….

🌸 갑자기 비가 오네

일기예보에도 없던 소나기가 오고 있어. 아직 퇴근 시간은 멀었지만 하늘이 금방 멈출 기세는 아닌 것 같고….

우산도 없고, 갑자기 소주 한잔 생각이 나. 이럴 때 맘 편히 부를 수 있는 친구 하나가 없다는 것이 좀 쓸쓸하지만 그런대로 빗소리 들으며 포장마차에서 가락국수에 한잔하는 것도 좋을 것 같아.

이런 날이 올 줄 알고 집 근처 포장마차 하나를 점찍어뒀지. 낡은 운동복에 슬리퍼 질질 끌고 나와 빗소리를 들으며 뜨끈한 가락국수 한 그릇에 소주 한 잔….

라디오에서 나오는 음악에 다리를 꼬꼬 앉아 달달 떨며 한 잔씩 기울인게 벌써 두 병째….

나, 술 많이 늘었지?

이젠 이렇게 지내는 것에도 어느 정도 익숙해졌어. 앞에 아무도 앉아있지 않아도 그리 심심하지도 비가 온다고 해서 예전처럼 집에 틀어박혀 울지도 않고 차라리 백조 같은 거짓말 같은 삶이라도 지금이 좋아졌어.

상처, 이별, 사랑 이런 거 생각하지 않아도 되고 이 빗속에 있는 사람들 중에 지금은 내가 가장 고민 없이 행복해 보일 거 같아.

아니, 행복해….

🍀 영아, 자존심은 사랑이 아닌 것 같아

이별의 아픔을 이길 수 없고 견딜 수 없다면 그를 잡아.

영아, 자존심은 사랑이 아닌 것 같아.

처음의 감정을 끝까지 가져갈 수는 없어. 그렇지만 그가 없는 하루 이틀조차 힘이 든다면 그를 잡아. 그는 너에게 잡아달라고 손을 내미는 거야. 한쪽에서 이별을 말한다고 무조건 그걸 받아들일 필요는 없지만 괜찮다고 말하면서도 네가 힘이 들고 마음이 아프다면 아직 너 역시도 그를 보내고 싶지 않은 거야.

아무리 주위에서 이건 아니고 저건 아니라고 해도 너만 괜찮으면 잡는 게 맞아.

이별의 아픔을… 언제 치유될지 모르는 그 시간을 이겨낼 사람은 없어.

언제가 될지 언제 끝날지도 모르는 이별의 상처를 견딜 수 있다고 일부로 강한척하지 않아도 돼. 사랑은 자존심이 아니라 기다려주고 조금은 참아주는 것도 방법이라고 생각해.

나 역시 이런 말을 하는 내가 아이러니하지만 정말 그가 아니면 안 될 거 같으면 그 역시 네가 아니면 안 된다면 너희들의 이별은 이별하는 시늉을 할 뿐 결코 헤어지지 못할 거야.

진심으로 이별을 이길 자신이 있다면 미련 없이 보내주는 것도 사랑이고 이길 자신이 없다면 놓아주지 않고 잡는 것도 사랑인 거야.

자존심이 사랑의 위에 있다면 더 이상 사랑하지 않아야 하는 게 맞는 것이고 그래도 사랑이 자존심보다 높이 있다면 끝까지 가보는 거야.

나는 너를 항상 믿지만 너의 결정 또한 존중한다.

네가 그를 다시 잡는다 해도 결코 그게 창피하거나 진다고 생각하지 않아도 돼. 그게 사랑이니까.

네가 어떤 선택을 하더라도 난 항상 너의 편에 서있으니 아무 걱정 말고 마음이 시키는 데로 하는 것이 맞아.

그 역시도 너를 진짜로 놓아버릴 것이 아니라면 그도 너와 같이 너를 잡아야 하는 것이고 잡았는데도 간다면 그땐 아무 말 없이 보내주는 것도 사랑인 거야.

❀ 추억도 아까운 시간들

추억만으로도 얼마든지 살아갈 수 있다면 나는 추억 속에 살래. 물론 외롭고 아픈 건 끝까지 따라붙을 거야.

그래도 나는 이렇게 세월을 보내고 싶어. 아무 감정이 없는 것은 아니지만 그 누구도 곁에 있다고 해서 너를 잊을 수는 없는 것이 이유이지 싶어.

순애보 같은 사랑이냐고?

아니….

그냥 마치 처음부터 그래야 했던 것 같아.

네가 곁에 있건 없건 내가 달라지는 것은 없겠지만 나 하나 행복하자고 다른 사람을 이용할 순 없는 게 맞잖아.

바보 같은 생각 아니냐고?

아니….

나도 처음엔 시간이 약이고 다른 사람들과 섞이다 보면 그렇게 세월을 보내다 보면 자연히 잊히고 무뎌질 줄 알았어.

너를 기다리는 것도, 네가 있는 곳으로 가겠다는 것도 아니야. 이번 생은 어쩔 수 없지만 다음 생이 정말 있다면 그래서 우리가 다시 한번 만날 수 있다면 뭘로 서로를 기억할 수 있을까?

난 알 수 있을 것 같아. 어디서든 당신이 있다면 나는 느낄 수도 있을 것 같아. 하지만 지금은 이대로 이렇게 너와의 추억만으로도 충분하고 지금이 좋아. 잡지고 않고 있을 거고 놓지도 않을 거야. 말 그대로 나만 기억하고 나만 알 수 있는 너랑 나랑의 비밀 같은 추억….

추억, 그것 하나로도 내가 일어설 수 있어서 참 다행인 거 같아. 매번 주저앉아만 있을 순 없잖아. 넘어지면 일어나고 상처 나면 밴드 하나 붙이고 씩씩하게 지금처럼 남들이 날 보면서 자유로워 보인다고 말하고 내가 부럽다고 말하는 사람들이 그렇게 보는 진짜의 내가 되고 싶어.

더 열심히 살 거고 더 열심히 사랑하며 더 열심히 추억하면서 그렇게 그렇게 늙어갈래.

🍀 혼자가 아닌 나

난 혼자가 아니야. 그래서 외로울 일도 없고 걱정할
정도로 약하지도 않아. 오히려 나는 네가 더 걱정이 돼.

이곳은 나를 아는, 알아주는 사람들이 내 곁에 많지
만 그곳에 있는 너는 너를 알아주고 너를 외로움을 알
아주는 사람이 없잖아.

난 슬프면 울고 비가 오면 가끔은 소주도 한잔 기울
이고 즐거울 땐 목젖이 보일 정도로 크게 웃을 때도 있
어. 너무 웃겨 눈물까지 날 때도 있을 만큼 이곳의 나는
더 이상 힘들지 않아.

오늘은 유난히 그곳에 네가 외로우면 어떡하지?

술 한 잔 마시고 싶을 땐 어떡할까?

누군가와 얘기라도 나누고 싶을 때 넌 어떻게 할까?

이젠 이곳에 나보다 그곳에 네가 걱정이 돼.

난 혼자 있어도 혼자 있는 게 아니거든.

내가 말한 너와의 추억과도 대화를 할 수 있고 뭐든
내가 원하면 할 수 있어. 그렇지만 넌 정말 어떻게 지내
고 있을까?

그리움도 사랑이 약이라 하고 이별의 슬픔도 사랑이
약이라 하고 뭐든 사랑이 정답인 듯, 사랑이 만병통치
약이라도 되는 양 말하는 사람들을 난 이해할 수 없어.

약의 효과가 언제 들지도 모르는데 기다려줘야 하잖

아. 시간도 주지 않고 사랑이라는 주사를 놓자마자 결과를 묻는 것 또한 이해할 수 없어.

상처 좀 받음 어때서… 이별 좀 하면 어때서….

상처가 아물 시간을 주질 않네. 요즘 사람들은 너무 급해. 견디는 것도 배워야 더 강해지고 또다시 반복하는 실수 없이 사랑도 할 수 있을 텐데.

가끔은 내게 조언을 구하는 사람들을 보면 어차피 내가 이렇게 해보라고 해도 하지도 않을 거면서 자꾸 같은 말을 하게 해.

믿지도 듣지도 않을 거면서 말이야.

🌸 사랑2

봄이 오면 꽃이 피고 너무도 당연하단 듯이 얼마 지나지 않아 여름이 온다. 누가 시키지 않아도 가을도 오고 알아서 푸른 잎을 색색의 예쁜 단풍을 만든다.

한참을 조용히 잘 견디고 잊은 듯 그렇게 지냈는데 늘 주변의 변화에 당황하는 내가 아직은 너에 대한 감정에 힘이 드네.

괜찮은 줄 알았는데, 정말 아무렇지 않다고 생각했는데….

회사 여직원이 오늘 결혼을 했어.

너무 아름다운 신부가 눈이 부시게 내 옆으로 지나가는데 왜 내가 주책없이 눈물이 났는지 모르겠어.

저 두 사람, 사랑에는 아픔이 없길….

당연히 행복만이 있길 바라면서 자리에서 빠져나왔어. 당신의 사고가 없었다면 우리도 당연히 저 자리에 마주 보며 서있을 텐데.

작은 반지라도 나눠끼며 보고 있어도 보고 싶어하며 세상에 유일한 나의 단 한 사람, 나의 유일한 사랑….

도대체 얼마나 세월이 흘러야 정말 나를 찾을 수 있을까?

이러지 않기로 그렇게 굳게 다짐을 하고 또 하고 맹

세하고 기도하고 마음을 다잡았었는데 오늘은 마음이 조금 서글프다.

하늘도 보기 싫고, 소주 생각도 나질 않네.

영화도 싫고 오늘은 일찍 들어가 아무것도 아무 일도 없었던 것처럼 절대 울지 않고 누워 세상 제일 편한 자세로 누워 너의 꿈을 꾸고 싶다.

딱 한 번 오늘 딱 한 번만 내 꿈에 나와 나를 안아주면 안 될까?

한 번도 날 떠난 이후로 넌 꿈에도 나와주지 않았잖아. 그러니까 오늘 딱 한 번만 내게 와서 나를 안아줘.

기다릴게….

🌸 어느새 낯 익은 겨울

겨울의 시작이 낯설지가 않네.

어느새 나는 지금의 자리에서 여기까지 오고 있으면서도 늘 바쁘기만 한 내 일상에 무엇이 끼어들었는지 무엇을 잃었는지도 모르게 항상 이 자리에 있다고 생각했는데 마치 아무 감정 없는 로봇처럼 창밖에 조금씩 내리는 첫눈을 보며 멍하니 서있어.

너를 그리워해서도 아니고 단지 어느새 시간이 이렇게나 흘렀나 싶게 너와의 좋았던 날에 네가 다시 한번 생각이 나네.

늘 즐겁기만 했던 아무 생각 없던 별일 아닌 것에도 신경을 곤두세우고 날을 세워 너에게 했던 말과 행동들, 이젠 돌이킬 수 없는 멀리 가버린 시간들이 오늘 여기 창가에 서있는 나를 미소 짓고 생각하게 하고 있어.

꼭 너여야만 하는 이유도 아니고 너 아니면 안 되는 이유도 아니지만 사랑이란 단어 앞에 항상 네가 먼저 떠오른다.

말도 안 되는 집착 같은 나만의 추억이라고 믿는 내가 하늘 아래 이곳에서 몇 년 전의 이별을 되새기고 있어. 지금처럼 지내는 내가 이제는 이 생활에 어느 정도는 익숙해지고 있기에 아무리 작은 바람에도 흔들리지 않는 내가 될 수 있게 나를 도와줘.

이제는 정말 누구도 사랑할 자신이 없고 사랑하는척하고 싶지 않거든. 충분히 추억만으로 행복하고 즐겁기에 누군가 내게 곁을 내주며 다가온다면 다시 내 생활이 무너질 것 같아.

아무리 흔한 게 사랑이라 해도 이제는 내가 거절할래. 마주 앉아 그냥 이런 잡다한 얘기에도 아무 의무 없이 웃을 수 있는 그런 가벼운 관계 정도라면 모를까, 내가 의지하거나 기대지 않는 혼자서도 당당한 나이고 싶다는 생각밖에 없어.

언젠가부터 그렇게 마음을 먹고 나니 지금 시작되고 있는 이 겨울 역시 낯설지 않고 힘들지 않게 지나갈 수 있을 것 같아.

무엇 때문인지 모르겠지만 네가 떠난 이후론 항상 겨울이 제일 힘들었는데 이제부터, 아니 지금은 겨울조차도 더 이상 나를 흔들 순 없을 거야.

🌸 나만 몰랐던 멈춰진 시간

늘 너를 잊지 못한다고만 생각했어.

내 사랑은 너뿐이고 나에겐 단 하나의 내 사람이라고만 생각했던 거야. 하지만 그 모든 것이 나만 모르고 인정하지 않으려는 것이었던 거야.

네가 내 곁을 떠난 그 순간, 그 시간부터 나 역시 모든 것이 멈춰버렸던 거였어. 인정하지 않으며 사랑이라고만 버틴 던 너의 대한 나의 마음이 너로 인한 말 그대로의 그 시간에 나는 벗어나지 벗어날 생각도 없었던 거였어.

결국은 너와 함께 그 시간에 나도 같이 함께 있게 된 거지. 너를 보낸 것에 나를 놓은 것에, 우린 서로 그렇게 아무것도 인지하지 못하고 서로를 놔주지 않고 잡고만 있었던 거야.

그 모든 것을 이제야 알았어. 그래서 사랑의 끝엔 항상 결정을 못 하고 겁쟁이같이 내가 피해버리고 있었던 거였어.

정말 바보는 나를 떠난 네가 아니라 너를 떠나보낸 그 시간에 멈춰버린 내가 정말 바보였던 거야. 이런 바보라도 멈춘 시계를 다시 돌아갈 수 있게 할 수 있을까?

그럴 수 있을 거야.

이제라도 알았으니 다시 삶을 바꿀 기회도 있을 거야. 지금까지도 잘해왔으니 앞으로도 더 잘할 수 있을 거야. 조금 멀리 있는 친구를 만나러 가듯이 너에게 가벼운 마음으로 갈 수 있고, 말없이 나의 고민을 잘 들어주는 그런 친구를 만난다는 마음으로 너에게 갈 수 있을 거야.

완벽한 비밀유지도 될 수 있는 그런 친구….

나를 누구보다 잘 알고 있는 언제나 내 편인 그런 친구를 만나러 나는 가고 있는 거야. 울어도 웃어도 화내도 싸이고 짓을 해도 다 받아주는 늘 말이 없이 항상 같은 모습으로 미소 짓고 있는 언제든 그곳에 가면 만날 수 있는 그런 친구를 만나러 나는 가고 있는 거야.

멈춰버린 시간을 돌리려고 또 욕심을 부리려 나는 너에게 가고 있어. 나의 시간으로 돌아오고 싶어서, 너의 시간에서 벗어나고 싶어서….

너무 늦지 않았다면 너와 나의 시간에서 서로를 놓아주려고 해.

나는 지금 너에게 가고 있어.

나의 가장 소중한 친구에게로….

🌸 때가되면

그래, 조금도 걱정할 건 없어.

내가 지금 이곳에서 만족하며 산다잖아.

언제 어느 시간에 너에게 갈지는 모르지만 원하는 거 하면서 할 수 있음 다시 사랑도 해볼게.

너와 함께하는 시간에서 벗어나 볼게.

아니 벗어나는 것이 아니라 그곳은 나와는 현재로서는 다른 세상, 다른 시간인데 그 속에 내가 들어가려 했던 그 마음을 접으려 해.

너 같은 사람은 어디에도 없겠지만 나에게 맞는 사람 또한 있을 거야. 대신 찾진 않을 거야. 때가 되면 나타나거나 내 눈에 들어오겠지. 사랑에 목마르고 외로움에 힘든 사람처럼은 보이고 싶지 않아.

늘 그랬듯 나는 나의 자리에서 나의 일을 하면서 인정받으면서 살다가 언제 나타날 누군가를 기다리면서 억지로 인연을 만들고 싶지도 붙잡고 싶지도 않거든.

내 곁에 올 자신이 없는 사람은 떠날 때도 자신 없게 이런저런 핑계를 대며 떠날 거야.

난 너를 잃고 나서야 제법 어른이 된 것 같아.

너로 인해서 참는 법을 배웠어.

기다리는 것과 참는다는 것은 다른 것이지만 다 너를 잃고 나서야 알았다는 게 조금 미안하지만 그래도 앞으로의 내가 살아가는데 많은 도움이, 힘이 될 거 같아. 더 이상 힘든 세상에 나 혼자인 것 같은 생각도 하지 않고 받으려고만 하지도 않으려고.

비록 부족해도 누군가 먼저 손을 내민다면 예전처럼 너와 비교하며 잡고 싶지 않아. 어느 누가 될지 모르지만 나의 연인이 된다면 너의 생각은 절대로 하지 않을 거야.

결혼도 이젠 겁내지 않을 거야. 그렇다고 섭섭해하지 말고 너는 언제까지고 그 자리 그곳에 있어줘. 언제고 내가 만약 너의 곁으로 가게 된다면 너의 옆자리는 꼭 비워줬으면 좋겠다.

누구도 아닌 내가 그동안 하지 못한 수많은 애길 제일 가까운 곳에서 제일 먼저 나누고 싶다. 우리 이제 정말 아파하지 말자.

전에 말했듯이 멀리서도 별처럼, 바람처럼, 비처럼, 그렇게 스치듯이 잠시 잠깐 느끼면서 기분 좋게 한쪽 눈을 찡긋거리며 햇살을, 하늘을 보고 느끼고 더 이상의 슬픔은 그 어디에서도 찾을 수 없도록….

그 어떤 결정도 내리지 말고 우리 그렇게 살자.

언젠간 때가 되면 다 바뀌고 낳아지겠지.

기억도 희미해지면서….

🌹 오래 아플수록 많이 사랑한거래

오래 아플수록, 오래 기억날수록 많이 사랑한 거래.

사랑, 왜 아프게 하고 오랫동안 기억 속에 가슴속에만 있으려 할까?

잠시 아프고 잠시 기억나다 말면 얼마나 좋을까?

다른 사람들도 같은 생각일까?

차 한 잔을 마셔도 술 한 잔을 마셔도 어김없이 생각나게 만드는 너….

이리도 깊이 사랑했나? 네가 없었을 땐 어땠지?

기억도 나지 않는다.

너 이전에 다른 사랑을 할 때도 이리 오래 아프고 가슴이 져렸나? 아님 너였기에 그런 걸까? 무슨 추억과 함께한 시간이 얼마나 된다고 이리도 오래도록 널 놓지 못하는 걸까? 도대체 얼마나 지나야 완전히 지울 수 있을까?

지우고 싶은 부분을 지울 수 있는 지우개가 있음 몇만 원, 몇십만 원이라도 사서 지우고 싶다.

너를 만나기 전으로의 나, 네가 사고 나기 전으로의 나….

정말 그런 지우개가 있다면….

🌸 서른 넷

시간 참 빠르다. 벌써 서른넷이 되어있네.

네가 떠난 지 5년이 다 되어가고 있는 이 세월에도 나는 아직 네가 가끔은 그립다. 혹여 초인종이라도 울리면 아닐 걸 알면서도 가슴이 뛸 때가 있어. 밖에선 즐겁게 있다가도 집에 들어오면 어김없이 아직도 네가 그리울 때도 있고 보고 싶어 괜히 눈물이 날 때도 있어.

지금까지 내가 얘기하고 지킨 것이 하나도 없는 것 같아. 아무것도 하지 않으면서 매일 혼자도 괜찮다고 자만하고 있었고 아무렇지 않다고 말로만 외치면서 난 한 번도 노력하지 않았어.

시간에 맞길 때도 있었지만 그것 또한 나를 나이 먹게 할 뿐 전혀 도움이 되지 않아. 나이만 들고 시간만 보내고 세월을 흘려보내고 있는 것뿐 정작 너와 약속한 그 모든 것들은 하나도 지키지 못하고 있어.

안 되나 봐. 안될 건가 봐.

잊지도 놓지도 못할 건가 봐.

그래, 어차피 아무것도 하지 못하고 너만 생각하고 살 거면 어떤 약속도 하지 않고 아무도 사랑하지 않을래.

차라리 이 약속은 지킬 수 있을 것 같아.

아프면 아프다고 말하고 네가 미울 땐 밉다고, 보고

플 땐 보고 싶다고 생각이 나면 나는 데로 그냥 이렇게 살래.

대신 너는 어떤 결정을 내려도 괜찮아.

나만 생각 안 해도 되고 어디든 어느 곳으로든 가도 돼.

이런 나를 부담스러워하지 말라는 말이야.

내가 이렇게 살 거라고 해서 너 역시 그럴 필요는 없다는 말이야.

🌺 머리로 하는 사랑

서로 얼마나 가졌는지 재지 말자.

서로 얼마나 행복한지 묻지 말자.

서로 얼마나 사랑하는지 묻지 말자.

그렇게 머리로 사랑하지 말고 가슴으로 사랑하자.

말하지 않아도 묻지 않아도 의심하지 않아도 되는 그런 마음, 그런 마음으로 행복을 느끼고 사랑하고 조금의 허튼 마음은 갖지 말자.

필요하다면 할 수만 있다면 양쪽 눈으로 혼자 상대를 보지 말고, 한쪽씩 나눌 수 있다면 한쪽 눈으로 둘이 함께 바라보는 그런 마음으로 하는 사랑을 하자.

머리로 하는 보여주기 위한 사랑은 시작조차 하지 않는 것이 상대를 위해서도 나를 위해서도 헛된 시간을 보내는 것뿐이다.

만일 지금 마음이 아닌 머리로 사랑을 하고 있다면 그 사랑 당장 내려놓고 하루하루가 아까운 사람들에게 진심으로 마음으로 사랑할 수 있는 시간과 기회를 주자.

괜히 욕심부리려 가졌다고 잡고 있지 말고 억지로 행복한 척, 사랑하는척하면 의심만 커질 뿐 그저 그런 사랑이란 이름의 탈을 쓴 거짓 사랑은 하지 않는 것이 좋을듯싶다.

그럴 거라면 정말 그 사람을 가졌든 가진 것이 없든 마음으로 사랑해줄 그런 사람을 만날 수 있도록 놓아주자.

사랑은 욕심이 아닌 이기적인 것이 아닌 나보다 상대를 먼저 생각해줄 수 있는 마음으로 당당하게 사랑하자. 하루를 살더라도 그런 사람과 온 마음을 다해 사랑하자.

결코 후회하지 않을 그런 사랑, 나를 바라보는 상대의 미소만으로도 충분한 그런 사랑….

🌸 이런 사람 없나요?

맛있는 거 먹음 제일 먼저 생각나고, 좋은 거 있음 제일 먼저 챙겨주고 싶고, 조금이라도 아픈 것 같으면 제일 먼저 달려가 걱정해주고, 곁에 있어만 줘도 힘이 되는 그런 사람과 남은 삶을 살아보고 싶다.

매일 아침 눈뜨면 한결같이 내 곁에 분명 내 것인 나만의 것인 그런 사람과 아이 하나 낳아 바르고 건강하게 하루하루 그 아이가 자라는 걸 기록하고 사진도 찍어 놓으며 둘에서 셋 또는 넷이 될 수도 있는 그런 사람과 살아보고 싶다.

누구보다 가족을 먼저 생각해주고 부모에게 잘하는 사람, 내가 아이를 낳을 땐 나보다 더 긴장하고 눈시울을 적셔줄 그런 사람과 살아보고 싶다.

너무 사랑해서 나 대신 입덧을 할 수도 있는, 어떤 일이든 집안일이든 걱정하지 않고 전기, 가구, 전자제품 조립도 척척 알아서 몇 시간이 걸려도 자기만 믿으라고 하며 구슬땀을 흘리며 끙끙대는 그런 모습조차 사랑스러운 그런 사람과 살아보고 싶다.

땀 냄새가 나도 내겐 너무 소중하고 내게만 너무 멋있어 보이는 그런 사람과 살아보고 싶다.

휴일엔 아무것도 하지 않고 늘어져서 종일 티브이만 보고 있어도 미워 보이지 않는 그런 사람과 살아보고 싶다.

잠이 들면 내 머리를 슬쩍 기댈 수 있게 어깨를 내어주고 뭐든 함께 의논하고 내가 배울 점이 있고 현명한 대답과 행동, 배려가 몸에 밴 그런 태생이 착한 사람과 살아보고 싶다.

아이들을 사랑하지만 그래도 나를 더 많이 사랑해주는 그런 사람과 살아보 싶다. 그런 사람이 있다면 나의 남은 삶을 그런 사람과 마주 보며 살고 싶다.

🌸 변한게 아니라 무뎌지는 거야

세월이 이렇게 말없이 허무하게 흐르다 보니 이젠 내가 지쳤나 봐. 그 모든 걸 알면서도 인정하지 못했던 난 이제 변한 게 아니라 무뎌지는 걸 느끼고 있어.

기운이 없다고 해야 할까?

더 이상 남은 힘이 없다고 할까?

5년… 짧지도 길지도 않은 그냥 너 하나만 생각하며 보낸 시간들, 이젠 정말 기운도 없고 지치고 아무 감정이 없어졌나 봐.

노래를 들으면 다 내 얘기 같고 별것 아닌 것에 늘 너를 그렸는데 이젠 그럴 기운까지도 다 떨어졌나 봐. 마음 한구석이 늘 허전하고 바람이 불었는데 이젠 아무 감각이 없어. 추운지 더운지 슬픈지 즐거운지 듣지 못하는 너에게 혼자 말하고 있는 내가 이젠 무뎌졌나 봐.

미안한 마음도 점점 줄어 거의 바닥을 보이고 기다리고 그리워했던 마음 또한 바닥을 보이고 있어. 어차피 너와는 뭐든 다시 할 수 없다는 걸 알았기에 더 이상 남은 희망이 없다는 생각에 마음이 변한 게 아니라 너에게 무뎌졌나 봐.

언제까지고 너밖에 없다고 생각했는데 그럴 수 없다는 걸 알았기에 모든 마음이, 추억이 바닥을 들어내고 있어.

이해해 달라는 말도 용서하라는 말도 기다리고 있으라고 했던 말도 다 지워버려. 이젠 난 더 이상 너에게 가지 않을 거야. 기다리지 말아.

여기까지만 하려고 해. 아니 여기까지만 하자.

볼 수라도 있다면 희망이라도 붙잡고 있겠지만 어차피 모든 것이 될 수 없고 할 수 없는, 기적이 아닌 이상은 일어나지 않는 일이잖아.

나 정말 많이 힘들었어. 정말 많이 아팠어.

전에는 몰랐어. 당연한 줄 알았어.

너만 생각하고 기다리고 그리워해야 하는 건지 알았어. 아니 그게 맞는다고 생각했어.

내가 옳다고 우기고 버티고 고집을 부렸지. 더 이상 난 아무것도 아무 생각도 하지 않을 거야. 너 역시 아무것도 남기지 말고 이젠 내 곁에서 떠나줘. 그게 옳은 선택이고 결정인 걸 우린 이제야 알아버린 거야.

내 마음에 이제 너는 없어. 아무리 찾아보려 해도 너는 이제 없어. 너무 늦게 보내줘서 미안해.

지금이라도 더 이상 붙잡지 않을게.

돌아보지 말고 가….

마지막이라고 생각하니 눈물이 나지만 이 눈물 역시 오늘까지야.

잘 가.

더 이상 돌아보지 말고, 안녕히….

🍀 인영이 1

며칠 전부터 소화가 되지 않고 소화제도 듣질 않아 병원을 찾았다. 여러 검사 끝에 의사는 위암 초기라고 했다. 잠시 멍해있다가 내가 의사에게 처음 한 말은,

"그럼 죽나요?"

의사는 나를 보며 초기라 수술만 하면 항암치료까진 하진 않아도 될 거 같다고 했다. 다행이라고 생각하면서도 한편으로 이참에 그냥… 잠시 나쁜 생각도 했다. 회사에는 바로 병가 신청을 하고 다음날 바로 입원을 했다.

3인 병실에는 소아병동에 있어야 할 여자아이 인영이가 있었다. 4살 인영이는 너무 예쁘고 밝았다. 왜 소아병동이 아닌 성인 병실에 있는지는 모르겠지만 눈을 동그랗게 뜨고 나를 보는 인영이는 나를 처음 봤음에도 뭐가 그리 궁금한 게 많은지 이것저것 물어보고 나의 움직임에도 동그랗고 커다란 눈으로 뭘 하냐고 묻는 것 같았다.

그렇게 반나절쯤 지나자 젊은 남자가 병실로 들어와 인영을 안고 뽀뽀 세례를 퍼붓는다.

보기 좋은 광경에 나도 모르게 미소를 보였다. 그는 같은 병실에 아이 혼자 있다가 내가 온 것에 짧은 목례를 하며 소아병동에 입원실이 없어 어쩔 수 없이 병실

이 나올 때까지 이곳에 있어야 한다고 했다. 아이가 불편하게 하거나 귀찮게 하면 언제든 말을 해달라며 내게 양해를 구했다.

"네, 아이가 너무 이쁘고 착해서 그럴 일은 없을 것 같아요."

라고 나는 그를 안심시켜주었고 우리 셋은 그날부터 작게 또는 크게 웃으며 금방 친해져 이런저런 얘길 나눌 정도였다.

그는 미혼부였다. 여자는 인영을 낳고 커피숍에서 갓 낳은 아이를 던지듯 주고 떠났다고 했다.

그는 부유하지 않았던 것이다. 작은 원룸에서 둘은 동거를 했지만 그녀는 늘 그에게 불만을 표시했고 가진 것이 없었기에 화를 냈고 벌어오는 족족 자신에게 더 많은 것을 쓰고 항상 부족하다며 헤어질 기회를 엿보다 아이를 가진 것이다.

남자는 여자를 잡고 싶어 아이를 낳자고 했다. 여자는 아기를 낳는대신 자신은 떠나겠다고 했고 그렇게 그녀는 두 부녀를 남기고 떠나버렸다고 했다. 그녀가 가고 얼마 지나지 않아 아이 때문에 일도 제대로 할 수 없던 그는 아이만은 지키고 싶어 이리저리 아이를 맡기고 일을 했다.

다행히도 아이는 그늘 없이 잘 자라주어 항상 미안해하는 아빠를 위해 투정 한번 제대로 부린 적이 없는 그런 착한 아이였는데 현재 악성 림프절종으로 걱정할 정도는 아니지만 조금 심한 편이라 어쩔 수 없이 입원 치료 중이라고 했다.

그의 나이는 올해 서른 살이라고 했다.

그도 나의 병명을 알고는 초기라 다행이라며 걱정 말라고 다 잘 될 거라고 말해주는 그가 왠지 마음이 쓰였다.

인영이는 내가 입원한지 하루만에 내 침대에서 같이 자기 시작했다. 그는 미안해했지만 난 나도 모르게 그냥 인영이가 좋았다. 예쁘고 안타깝고 태어나 엄마 얼굴도 모르고 자라다가 나를 보니 마치 엄마처럼 느껴졌는지 뭐든 따라하고 따라다녔다.

그가 회사에서 올 때까지 인영이는 어느새 나의 껌딱지가 되어있었다. 조금 힘이 들었지만 우린 입원해있는 동안 소꿉놀이부터 숨바꼭질까지 함께 했다.

나는 그가 올 때까지 최선을 다해서 아이를 돌봐주었다. 내일이 나의 수술이라 조금 긴장은 했지만 인영은 자기가 기도하면 금방 나을 거라고 그 작은 손을 모아 기도를 하고 있었다.

그 역시 인영과 함께 며칠 같이 있었을 뿐인데 기도를 해주었다.

🍀 인영이 2

그는 그렇게 이틀을 인영이와 나를 돌보다 퇴원을 했다. 그다지 큰 병이 아니라서 부모님께는 말도 하지 않았다. 괜히 걱정이라도 하면 아마 집으로 바로 들어가는 일이 생길 것 같아 여행을 간 것처럼 아무 말 하지 못했다.

그 뒤로 난 얼마간 더 병원생활을 하다 퇴원을 했다. 다시 직장생활을 정신없이 하고 있을 무렵 한 통의 메시지를 받았다.

인영의 아빠였다. 아빠라고 하기엔 너무도 젊고 건강한 청년 같은 그 사람, 이서진.

안부라고 하기엔 좀 긴 문자였다. 별일 없이 잘 지내냐고 다시 아프지 않게 관리 잘 하라고, 인영이 많이 보고 싶고 찾고 있다고 언제 시간이 나면 인영과 식사를 하자고 했다.

그 긴 문자에 난 시간 나면 연락하겠다고만 하고 말았다. 대충 의미 없이 그렇게 문자를 주고받고 다시 일상으로 돌아왔다. 역시나 나를 기다리는 것은 산 만큼 쌓인 일들뿐이었다.

그래도 다시 일을 할 수 있게 되어 좋았고 다시 아프지 않길 바라면서 전보다는 먹는 것에 더 신경을 쓰려 노력했다.

재발하지 않게 할 수 있는 건 제법 하려고 노력했다. 그런 와중에도 가끔 잊을만하면 한 번씩 이서진이란 사람은 인영의 핑계를 대며 연락을 해왔다.

그 10번 중 5번은 모른 척, 아니 받고 싶지 않았다. 다시 어떤 인연을 만들어간다는 것은 아직은 생각하고 싶지 않았다. 좋은 사람 같긴 했지만 그리 크게 생각지 못했던 것이다. 몇 번의 거절 끝에 어쩔 수 없이 우린 인영과 함께 저녁을 먹게 되었다.

인영은 마치 내가 엄마인 듯 내 곁에서 한 발자국도 떨어지지 않고 어리광을 부리듯 떠먹여주는 걸 그 작은 입으로 잘 받아먹으며 너무도 신나했다. 마치 한 가족인 것처럼, 그런 우리 둘을 지켜보는 그는 흐뭇한 미소를 짓고 있었다.

그렇게 저녁을 먹고 헤어진 후 난 더 이상 그의 어떤 전화도 메시지도 받지 않았다. 그렇게 하는 것이 맞는 것이고 애당초 희망 같은 건 주고 싶지 않았기에 나만이라도 흔들리지 않으려고 노력했다.

내가 그에게 느낀 건 사랑이 아니라 인영에 대한 모성애 같은 것이었기에 그걸 빌미로 그들과 또 다른 인연을 만들고 싶지 않기에 이쯤에서 그만하는 것이 좋을듯싶었다.

그래도 그는 일주일에 한두 번은 답장 없는 메시지를 잊지 않고 보내고 있다.

가끔은 인영의 예쁜 사진과 함께….

🌸 측은지심과 사랑은 다르다

그는 내게 보고 싶다는 말을 서슴없이 할 만큼 가깝다고 생각하고 있는 것 같다. 그러나 나는 그와 엮이고 싶지 않았다. 인영에게는 조금 다른 감정이 들긴 했지만 그건 그냥 측은지심 같은 거였다.

그건 엄마 없이도 밝은 아이에게 느끼는 그런 감정이지 내가 생각한 사랑은 아니었다. 그도 그렇고 나 역시도 그에 대해 정확히 알고 있는 것은 없다. 솔직히 궁금하지도 알고 싶지도 않았다. 그가 잠깐 느낀 감정에 나까지 함께 사랑이라고 착각하고 싶지 않았다.

다섯 살 정도 차이가 무슨 문제가 되겠는가?

나이가 아니라 내 마음이 문제인 것이다. 아이가 있는 미혼 부라는 것도 문제 될 것이 없다. 아이가 아니라 내 마음이 문제인 것이지….

아무리 생각해도 빠지는 외모도 아니고 어느 정도 직장생활을 하며 자리를 잡고 있는 그 사람은 아무것도 문제가 될 것이 없었다.

문제는 항상 나인 것이니까. 정확히 말하면 그의 인연은 내가 아닌 것이다. 그도 알면서도 억지로 인연을 만들려 하는 것 같은 생각에서 빠져나올 수가 없다.

🌿 감춰지지 않는 것, 사랑

그렇게 얼마간의 시간을 답해 주지 않자 그 역시도 이젠 가끔 하던 안부 문자도 보내지 않았다. 기다린 것은 아니지만 무슨 일이 있는 건 아닌지 가끔 생각이 나곤 했지만 연락을 하진 않았다.

나는 모처럼 부모님 집에 와서 밥을 먹고 근처 절에 갔다. 바람도 쏘일 겸 엄마와 이런저런 얘길 하며 걸었다. 엄마는 아직도 혼자인 나를 걱정하고 계신다. 난 지금이 정말 행복하고 편안하다고 말했지만 아무리 말해도 엄마는 믿지 않는 눈치셨다.

절에 도착해 절을 하는데 순간 이상했다. 그냥 눈물이 났다. 그러면서 인영의 웃는 얼굴도 아닌 우는 얼굴이 잠시 스쳐 지나갔다. 절을 마치고 엄마와 잘 아시는 스님과 인사를 나누는데 스님이 내게 하시는 말씀에 가슴이 무너졌다. 전에는 본인을 슬프게 하더니 지금은 두 사람을 슬프게 하고 있다고….

순간 느낄 수 있었다. 엄마는 돌아오는 길에 누가 있냐고 자꾸 물어보셨지만 대충 얼버무리고 다음날 다시 서울로 올라왔다. 어제의 스님의 말은 못 들은 것처럼 그렇게 지나치며 살고 싶었다.

아무 일도 없었던 것처럼, 앞으로도 계속 이렇게….

🌸 다시 또

일에 열중하다가도 문뜩문뜩 인영의 얼굴이 떠올랐다. 하지만 다시 또 사랑을 하고 싶진 않다. 만일 내가 서진씨와 사랑에라도 빠진다면 그건 아마도 그에게 빠지는 것이 아니라 아마도 인영에게 측은지심이 생긴 것일 것이다.

사랑과 측은지심은 엄연히 다른 것이기 때문이다. 동정이 바탕이 되는 사랑 역시 달갑지 않다. 아이에게 잠시 흔들린 건 맞지만 그것으로 인연을 만들고 싶지 않다.

설사 그가 내 마지막 인연이라 할지라도 이번엔 그 인연을 내가 바꾸고 싶다. 더 이상의 사랑은 내겐 없다.

떠난 그 때문도 아니고 아직 그에 대한 아픔이 남아서도 아니다. 단지 누구도 사랑할 자신이 없어져 버린 것 같다. 내가 너무 앞서 피하는 것인지는 모르지만 그들 부녀가 그리 생각하고 있었다면 더 이상 미련을 주지 않고 싶다.

내가 아닌 다른 사람과 행복하길 바랄 뿐이다.

인영을 친자식처럼 아끼고 서진 씨를 진심으로 사랑하는 사람을 만나길 바란다.

🌸 엄마의 마음은 생각지도 못했다

나의 이기적인 생각과 마음이 엄마의 아픔이 되었다는 것은 미처 생각하지 못했다. 늘 말없이 지켜보시던 아버지의 마음 역시 헤아리지 못했다. 아니, 나만 힘들고 나만 아프다고만 생각하며 살았는데 정말 한 번도 부모님의 마음은 조금도 생각하지 못했다.

당신 자식이 이리 오랜 시간 떠나간 사람 때문에 그 시간에 멈춰 있다고만 생각하고 계신 엄마, 아빠.

오히려 나의 눈치만 보며 아무 말 없이 기다려주신 엄마, 아빠….

그런 거 아니예요, 아직도 그를 잊지 못하고 잡고 있다고 생각하지 말아요. 그와의 상처는 다 아물었어요. 정말 괜찮아요. 슬퍼도 하지 말고 아파도 하지 않으셔도 돼요.

단지 엄마, 아빠처럼 사랑하는 사람과 함께하지 않을뿐, 전 정말 지금이 행복해요. 그러니 이제 제 걱정은 하지 말아요.

언젠가는 저에게도 인연이라는 사랑이 찾아오겠지요. 아직 사랑하는 사람이 곁에 없다는 것뿐이예요. 그런 사랑이 오면 언제든 함께 가서 제일 먼저 인사시켜 드릴게요.

너무 늦게 두분 마음을 보게 되어 죄송해요.

🌸 약속

추억만으로도 살 수 있다고 했던 약속, 그 약속 못 지킬 것 같아. 너와 나만 생각하며 주위를 힘들게 하고 있었던 나는 더 이상 추억 같은 것에 연연하거나 생각하지 않을래.

그래, 추억은 추억일 뿐 현실과 과거를 구분해야 했고 지난 시간에 미련하게 아무것도 하지 않으려 현실을 부정하고만 있었어. 나만의 감성에 너무 빠져 있었던 거야.

나는 그냥 회사원이고 한 가족의 딸이며 이 넓은 세상 사람들 중에 한 사람일 뿐이었던 거야. 나보다 힘든 사람도 많을 거고 나보다 훨씬 아픈 이별을 한 사람들도 많을 텐데 내가 제일 힘들고 제일 아픈 줄 알고 살았어.

살면서 이보다 더 힘든 일도 다가오고 즐거운 일도 있을 텐데 전혀 주변을 돌아보지 않았어. 그냥 이제는 하늘을 사이에 두고 너와 내가 남들도 하는 그런 이별을 한 것이라고 생각하고 있어.

늘 말로만 잊었다, 지웠다 매번 말로만 했지만 더 이상 그러지 않으려고 해. 약속 지키지 못해 미안해.

슬퍼도 행복했어.

네 생각만으로 힘을 얻을 때도 있었고 위로도 받을

수 있었어. 그것만으로 충분히 넌 나에게 다 주고 간 거였는데 이제야 주위가 보이고 너를 향했던 나도 보이고 나를 향해 아파했을 너의 마음까지 보게 되었어. 그러니 이젠 네가 아닌 내 곁에 사랑하는 사람들에게 상처가 되는 그런 행동들은 그만하려고 해.

그립고 그리운, 어디서든 느낄 수 있게 해주던 너의 가슴에 그동안 보이지 않는 곳에서 나를 지켜준 너에게 고마웠다는 말을 끝으로 이별을 받아들이려고….

끝날 것 같지 않던 그 이별을 인정하며,

너를 보내줄게….

🍀 마음을 비우니

얼마 전 너에 대한 마음을 다 비우고 나니 회사에서도 그렇고 길을 걸을 때도 매장을 가도 모든 사람들이 특히 남자들이 괜찮아 보이고 슬쩍 다가가보고 싶은 사람도 눈에 들어오고 세상이 이렇게 신나는 곳인지 몰랐어.

정말 며칠 사이에 마치 다른 곳에 있다 온 사람처럼 모든 것이 달리 보이고 다들 좋아 보이고 그 좋아하던 책도 눈에 들어오고 너무 기분이 좋아.

엄마, 아빠도 놀래시면서도 그런 내가 보기 좋은지 이젠 서로 얼굴을 보면 할 말이 없어 다른 곳만 바라보곤 했었는데 지금은 웃음이 많아졌어.

그래, 나만 이렇게 진작 달라졌더라면 그 긴 시간들을 후회하며 보내지 않았을 거야. 역시 사람이란 마음 먹기에 달렸다는 말이 틀리진 않은 것 같아.

이젠 누군가 너를 내게 묻는다면 나는 그냥 모르는 척하며 지내고 있어. 돌이킬 수 없는 일에 매달려 억지를 부리는 일은 두 번 다시 하지 않을 수 있게….

나의 환하게 웃는 얼굴을 나 역시 아주 오랜만에 본 거 같아. 그래도 아직 서른다섯에 가까운 나이로는 보이지 않아 다행이야. 가끔은 예쁘다는 말도 싫지 않고 오히려 더 예뻐 보이고 싶어져.

마음을 정말 비우고 나니 하고 싶었던 일들에 욕심도 생기고 내 삶에 자신이 생겼어. 어느덧 서른다섯이 되었지만 서른다섯의 나이에 나의 일들에 책임을 져야 한다는, 어차피 가만히 있어도 먹는 나인데 좀 멋있게 늙어가고 싶다는 생각이 들어.

　아니 어느 가수의 노래처럼 늙어가는 것이 아니라 익어간다고 하는 말처럼….

나 아직은 좀 괜찮은 여자인듯

나 아직 죽지 않았나 봐.

이상하리만치 요 근래 소개팅이라고 해야 하나 헌팅이라고 해야 하나. 암튼 여기저기서 괜찮은 것 같다고 소개를 시켜달라는 사람이 좀 있네. 그래도 아직은 좀 괜찮은 여자인가 봐. 이젠 제법 사람을 고르고 있는 나를 보고 있자니 웃음도 나고 창피하기도 하지만 재미도 있는 것 같아.

물론 만나는 사람들이 다 이상하거나 못생기거나 어디 하나 부족한 건 아니지만 뭔가 확 당기는 맛이 없네. 좀 더 여러 사람을 만나보면 뭔가 답이 나오겠지만 확 당기는 뭔가 필이 통하는 그런 사람을 만나고 싶어.

첫째, 어두워 보이는 사람은 싫어.

둘째, 뭐 하실래요? 뭐 할까요? 하는 사람도 싫어.

셋째, 너무 조용하고 술 한 잔 못하는 그런 사람은 더 싫어.

이젠 나보다 밝고 알아서 리드하고 가끔은 소주도 한 잔씩 함께 마실 수 있는 사람이었으면 좋겠어. 물론 공포영화도 좋아하는 그런 든든한 사람과 사랑하고 싶어. 그리고 제일 중요한 건 나를 괜찮은 사람이라고 생각하는 사람과 다시 사랑을 하고 싶어.

🌸 조금씩 다가오는 행운

입사 8년 만에 드디어 과장이 됐어.

너무 좋아 죽겠는데 동기들 눈치 보여서 내색도 못하고 과장 틱 내면서도 좀 자숙하는 모습을 보이려고 했는데 좋은 건 감출 수가 없나 봐.

여기저기서 축하한다고 술도 너무 많이 마셔 힘든 건 있지만 그래도 기분은 정말 좋아. 이렇게 조금씩 나에게 행운이 오고 있나 봐. 이렇게 오는 행운 중에 나의 인연을 만나는 행운도 있었으면 좋겠다.

엄마, 아빠 나보다 더 좋아하시고 마치 사장이라도 된 것처럼 어찌나 좋아하시던지 이런 기쁨 이런 행운이 조금은 길게 같음 좋겠다. 더 이상 매장은 가지 않지만 그래도 할 일은 줄지가 않네.

이래도 저래도 요즘은 너무 좋아, 다 좋아.

함께 기뻐해 주고 잘했다고 달려가 안겨 칭찬해주는 사람이 없다는 게 좀 서운하지만 그래도 난 포기하지 않을 거야.

나를 사랑해 주는 사람만 만나면 되니까 아무 걱정 없어. 지금은 정신없이 바쁘지만 내 일상에 충분히 만족하며 지내다 보면 언젠가는 내 곁에도 그런 사람 한 명쯤 생기지 않을까?

설사 생기지 않는데도 예전처럼은 살지 않을 거야.

하고 싶은 거 하면서 여행도 다니고 그러다 다른 지역에서 우연히라도 나의 반쪽을 만날 수도 있다는 그런 생각도 들고.

요즘 나는 서른 다섯의 가장 바쁜 삶을 살면서 또한 가장 좋은 날을 보내고 있어. 행복과 즐거움은 멀리 있는 게 아니었어.

너만이 나의 행복이고 즐거움이라고 생각했는데 나는 네가 없이도 이젠 나를 사랑하게 되었다는 것이 내가 바꾼 것 중에 제일 잘한 일인 것 같아.

나에게도 이런 행운이라는 것이, 이런 날이 올 수 있다는 것이 나를 설레게 하고 있어. 조금 있으면 날아다닐 수도 있을 것 같아.

🌸 사랑의 반대말

사랑에 목이 마른 사람일수록 그들이 하는 선택은 늘 빠른 후회를 동반한다. 사랑의 선택은 급할 필요가 없다는 얘기다. 급한 사랑일수록 단점도 빨리 보이고 이별 또한 쉽게 결정하는 것이다.

아직 급하지 않다면 좀 더 지켜보는 것 또한 사랑에 대한 책임 역시 훨씬 값진 믿음이 될 것이라고 생각한다.

놓고 싶지 않은 욕심과 함께하고 싶은 마음은 더욱더 커다란 열매로 맺을 것이고 그런 욕심이라면 얼마든지 부려도 되고 마음껏 누려도 되는 그런 마음 역시 오히려 상대에겐 사랑스러운 모습으로 보이기 때문이다.

사랑이란 말은 너무도 아름답고, 사랑이란 단어 말고는 그 어떤 말로도 설명할 수도 표현할 수도 없는 이 세상 단 하나의 고귀한 단어이다. 그 이상도 이하도 사랑 말고 다른 말로 표현할 수 있는 단어가 있을까?

하지만 사랑의 반대말은 이별이 아니라 무관심이라고 들었다. 사랑의 반대는 당연히 이별일 줄 알았다. 하지만 무관심이란 말이 더 외롭고 아프게 느껴지는 걸 보면 그 또한 맞는 말인듯싶다.

이별은 화해라도 하면 다시 볼 수도 있는 기회가 되기도 하지만 무관심은 더 이상 나의 그 어떤 것에도 아무 감정이 없다는 것이 이별보다 더 아프게 느껴진다.

더 이상 보고 싶어도 볼 수 없는 전혀 아무 희망도 가져볼 수 없는 그런 단어, 무관심….

사랑에 목마른 사람이 아니라면 사랑할수록 나를 지치게 하는 사랑은 사랑이 아닌 것이라 생각하고 나를 살아가게 하는 사람과 사랑하길 바란다.

🌸 다들 말하지 않을 뿐

사람들은 서로의 마음을 다른 이에게 진심으로 내보이지 않는다. 물론 선한 사람들은 간혹 상대가 조금 편하게 대해주면 어김없이 그 사람에 대해 잘 알지도 못하면서 어느새 자기 속 마음을, 속 얘기를 주저 없이 하고 후회하는 사람들을 간혹 볼 때가 있다.

그중엔 나도 있었다.

사람을 대할 땐 솔직한 것이 당연하다고 느꼈고 또 그게 맞는 것이라 생각했고 상대를 믿었기 때문이다. 하지만 그건 나만의 착각이었고 어리석음의 극치였다.

믿은 만큼 돌아오는 것은 선함을 이용하고 우습게 보고 앞에서는 안 그런 척 뒤에선 다른 뒷말을 하고 다니는 사람을 부지기수로 보았다. 그러나 지금은 어느 순간, 아니 그가 떠난 이후로는 아무에게도 나의 속마음을 내 비춘 적도 얼마간의 만남에도 절대 내색하지 않았으며 믿지 못했다.

한마디로 나의 진심은 그들에겐 고작 자기들의 우스갯소리, 뒷말밖에는 되지 않았던 것이다. 나를 얼마나 우습고 만만하게 봤으면….

항상 내 발 등을 내가 찍었다고 하면서 매번 같은 실수를 반복한 적이 많았다. 진심으로 사람을 대해도 상대는 그런 척 장단을 맞추고 있었을 뿐 나와 같은 마음

161

과 생각으로 나를 대하지 않았던 것이다.

그로 인해 나는 15년 지기 친구들과도 인연을 끊었다. 그들 역시 나를 이용하고 있었던 것을 늦게라도 알아서 다행이지 그렇지 않았다면 아마 지금까지도 나는 그들의 먹잇감에 지나지 않았다.

예를 들면 술 마시고 보고 싶다고 늦은 밤 불러내도 친구니까 당연히 나가보면 결국은 술값을 내는 것이었고, 결혼 한다고 도와달라고 해서 가면 뒤치다꺼리만 하다 이리저리 돈만 쓰고 고생만 하다 왔다. 늘 자기들 편하게 나를 불렀고 친한 척 이용만 한 것을 알았을 때 내게 남은 것은 아무것도 없었다.

한 번은 늘 여유가 없는 친구가 있어서 밥이든 술이든 모든 것을 내가 당연하듯이 계산을 했고 아이를 낳았을땐 꽃바구니에 돌 반지, 장난감까지 선물했다.

그러면서도 나는 아깝다고 생각한 적이 한 번도 없었다. 부모님이 돌아가시면 3일 낮밤을 휴가를 내고 친구를 도왔다.

그럴 때마다 엄마는 친구도 내가 있어야 친구지 내가 가진 것이 없다면 무시를 당하는 것이라고 했다. 난 당연히 그런 게 무슨 친구냐고 우리 친구들은 아니라고 더 큰소리를 쳐댔다. 그런데 당연히 그런 친구라고 생각한 나는 이미 그들에게 호구가 되어 있었다. 늘 없는 척 힘든척 하던 친구는 통장이 열 개가 넘어 있었다.

그중에 다섯 개는 마치 내 통장인 것 같아 화가 났다.

그리도 없는 척을 하고 친한 척을 하더니 뒤로는 자기 것을 챙기고 있었다는 것이 내겐 너무도 충격이었다.

결혼을 한 친구는 지갑을 두고 왔다고 해서 내가 사진사들과 스태프들에게 밥과 커피를 대신 사고 부케에 첫날밤 과일 바구니까지 해주었다. 전부 당연하듯이 바라는 것 없이 나는 이용당하는 줄 모르로 호구 짓을 하고 다녔던 것이다.

그 뒤로도 말할 수 없는 많은 일들이 있었지만 그마저 내가 구차해질까봐 말은 하지 않겠지만 암튼 나는 더 이상 그들의 친구이기를 포기했다. 그리고 그들에게도 전했다. 더 이상 우린 친구도 아니라고 혹시 길에서 보기라도 해도 아는 척도 하지 말자고 했다.

나는 정말 친구라고 언제까지고 함께 변함없을 것이라고 믿었는데 더 이상 친구로 보낸 시간조차 후회하니 다신 연락 같은 거 하지 말자고 했다.

그들 역시 알면서도 어느 누구 하나 미안하다고 말해주는 친구는 없었다. 그러니 다들 말을 하지 않을 뿐 나와 비슷한 사람이 있다면 거절하는 법을 먼저 배워야 할 것이다. 그리고 절대 먼저 자신의 얘기도 하지 말아야 할 것이고 모든 사람이 그런 것은 아니지만 사람 보는 눈을 키워야 할 것이다.

나같이 항상 잃고나서 후회하지 않도록….

🌸 이제 아프지도 않아

죽을힘을 다해 너를 잊었어. 이제 아프지도 보고 싶지도 않아. 결국은 이별을 받아들였어. 긴 시간 동안 지우고 지워도 안되더니 더 이상의 미련도 희망도 없다는 걸… 이제야 포기가 됐나 봐.

참 오래도 걸렸어.

너 하나 내려놓기까지 정말 오래도 힘들었어.

이젠 진짜 포기했나 봐. 그리고 이제부터 나는 그냥 나로 살기로 했어. 사람들도 다 한 번쯤은 겪을 수 있는 일들이었던 거야. 너무 많은 걸 놓치고 나서야 비소로 나를 바라보니 이 정도면 됐다는 생각이 들어.

그동안 안간힘을 쓰며 억지로 잊으려 하니까 더 안되는 거였나 봐. 억지로도 일부로도 아니야.

정말 이제야 포기한 내가 나를 이해할 수 있게 되니까 자연스럽게 놓아지네. 지울건 되도록 빨리 지웠어야 했는데 잡고 있다고 해서 내게 오는 것도 아니었는데, 포기하고 내려놓으니 이렇게 편한걸….

그동안 너무 바보같이 살았어.

놓쳐버린 것을 다시 찾을 수는 없겠지만 너를 놓아버린 것이, 널 포기했다는 것이 믿어지지 않겠지만 이젠 널 잊고도 잘 살아갈 것 같아.

보낼 줄도 알았어야 했는데 이제라도 널 포기하고

잊으니 현실에 살고 있는 내가 보이고 나를 아껴주고 싶어.

긴 시간 너무 아팠을 나를 위로해주고 싶어.

이만큼 했으면 됐다고,

너에 대한 사랑은 충분히 알았다고….

🌸 당신이 잠든사이

어느 날 일어나 보니 네가 없었고 살아가다 보니 어리석게도 다른 사랑을 인정하지도 않았고 결정의 순간에 항상 상대를 아프게도 했어.

당신이 잠든 사이에 나는 변해버렸고, 당신이 잠든 사이에 나는 나를 버린 적도 있었어. 당신이 잠든 사이에 나는 나를 불쌍하다고만 생각도 했었어.

어느 날은 내가 아닌 다른 사람처럼 변해 있기도 했어. 내일 일어 났을 땐 다시 예전의 나로 돌아가 있었으면 좋겠어.

아니, 그럴 것이고 그래야만이 살아질 것 같아. 여기까지 오는데 많은 길에서 길을 잃었었고 가끔은 소중한지 모르고 홀대도 하고 지키지도 못하고, 소홀했고, 때론 내일을 맞고 싶지 않을 때도 있었지만 잠들어 버린 당신에게 함께 갈 자신도 없는 겁쟁이면서 용기 내는 척 강한 척도 하면서 지냈지.

이젠 안 그러려고….

당신이 잠든 사이 나 역시도 무지 긴 꿈을 꾸고 난 것 같아. 길고 길었던 꿈에서도 이제 깨어나야 될 시간이 됐어. 꿈에서 깨기 전에 당신에게 마지막으로 한마디만 하고 더 이상 꿈같은 것도 꾸지 않으려고 해.

당신은 진심으로 나를 사랑하고 사랑해준 사람이었

어. 또한 나를 얼마나 소중하게 생각했는지 얼마나 내가 소중한 사람인지를 알려준 유일한 한 사람이야.

나는 이제 꿈에서 깨어나 일어날 거예요
정말 많이 사랑해서 그동안 그렇게 힘들었나 봐요
잊지 않고 당신 만난 거 감사하게 생각할게요
이젠 이 긴 꿈에서 나갈게요
당신이 잠든 사이에
나는 이제 조용히 내 자리로 돌아갈게요
잘 자요, 죽어서도 잊지 못할 내 사람….

당신이 잠든 사이

초판 발행일 / 2019년 3월 27일
지　은　이 / 김나은
발　행　처 / 뱅크북
출 판 등 록 / 제2017-000055호
주　　　소 / 서울시 금천구 가산동 시흥대로 123 다길
전　　　화 / 02-866-9410
팩　　　스 / 02-855-9411
전 자 우 편 / san2315@naver.com
ISBN 979-11-90046-00-8 (03810)